떠나지
못한 자의
행복

　　나는 예전에 화전민들이 살던 강원도 치악산 속에서 산다. 그들은 세상 밖으로 나가고, 도시에 살던 나는 그들이 떠나간 터로 돌아와 흙집 한 채에 짐을 풀고 토종벌을 키우며 살고 있다. 그렇게 시간은 흘러 어느새 여섯 번째의 겨울을 맞는다.

　　도시에서 가끔 방문자들이 오면 강아지와 두 마리 닭만 어슬렁거리던 작은 마당이 북적거린다. 돌판 위에 삼겹살이 익고 웃음소리는 가랑잎처럼 굴러다닌다. 그들은 해발 700미터에 고적하게 자리 잡은 내 움막에서 보이는 경치에 감탄을 하며 날 부러워한다.

　　많은 사람들이 자연과 더불어 사는 꿈을 꾼다. 배낭을 메고 친구들과 어울려 오고 싶을 때는 아무 때나 올 수 있는 곳인데도 굳이 "짐 보따리를 싸서 들어오고 싶다"고 말한다. 그런데 어디론가 떠나고 싶다고 생각하는 사람들은 사실 지금 그들이 있는 곳에 할 일이 많은 사람들이다. 그들은 말한다. 애들 졸업시키고, 정년퇴직하고, 더 늦기 전에 돈을 모아 땅도 사고 그럴듯한 집이라도 지을 수 있을 때까지 기다리는 것이라고. 살아가면서 어느 때가 되어야 자신의 할 일을 다 끝내고 미뤄뒀던 삶을 시작해도 되는 때인지 나는 알지 못한다. 다만 내가 생각하는 것은, 누구나 지금의 모습이 결국 제 살고 싶은 모습 아닌가 하는 것이다.

짧은 방문을 끝내고 어둑해진 산길을 내려가던 사람들은 나에게 말한다. 떠나온 당신은 행복한 사람이라고. 나는 속으로 중얼거린다. 차마 버리고 떠날 수 없는 것들을 갖고 있는 당신들은 행복한 사람이 아니냐고.

달에
취한
그대에게

치악산 속에 자리 잡고 있는 내 움막을 가끔 방문하는 이들은 이곳을 취월당醉月堂이라고도 부른다. 움막 뒤편의 톱날 같은 능선에서 잡힐 듯이 불쑥 얼굴을 내밀고 하나의 흠집도 없이 사뿐히 무한 허공으로 제 몸을 띄워 올리는 이 기막힌 순간을 운 좋게 맞이하는 사람들은 저도 모르게 박수를 치며 환호한다.

달에는 모든 이들의 잃어버린 추억이 저장되어 있다. 산속에 살며 때로는 잊어버리고 한줄기 굴뚝 연기를 겨울 숲으로 보내고 잠이 들 때에도 저 달은 묵묵히 내 움막을 내려다보며 긴 밤을 건너가고, 문득 쳐다보면 달은 두고 온 아이와 같이 제 혼자 불쑥 커져 나를 쳐다보고 있다.

오늘은 음력 열엿새 날十六夜이다. 매월 열엿새 날 밤에 뜨는 달을 기망旣望이라고 한다. 예로부터 시인묵객들이 바라보며 감탄하던 달은 보름달이 아니라 오히려 기망이라고 하는 이 달이었다. 송나라의 소식蘇軾은 적벽부赤壁賦에서 '임술지추 칠월기망任戌之秋 七月旣望'으로 시작하며 밝은 달빛 아래 천하의 절경으로 일컬어지는 적벽의 흥

겨운 놀이를 담고 있다. 그 옛사람이 보던 달을 이제 내가 보고 있다.

아무도 올 이 없는 산속의 밤에 장작 몇 개를 가져와 마당에 모닥불을 피운다. 노란 종이 등이 켜진 방으로 들어가 오래된 빙 크로스비의 크리스마스 캐럴 송을 틀어놓는다. 남자의 낮은 음성으로 은은하게 울리는 '고요한 밤 거룩한 밤'이 창호지 문틈으로 흘러나온다. 겨울나무와 달과 별이 음악을 듣는다. 이렇게 내 한 해는 가고 또 온다.

새로운
한 해가
온다는 것

    겨울을 나기 위해 꼭 필요한 것이 땔감이다. 햇살이 퍼지면 움막 뒤편 숲으로 가서 말라죽은 잣나무나 계곡 물가에 뿌리 뽑혀 있는 나무들을 톱으로 베어 부엌에 들여놓는다. 그리고 미리 해놓은 나무 토막을 도끼로 쪼개 장작을 만들기도 하는데 이럴 때 빈 계곡에 쿵쿵 하고 울리는 소리는 외따로 떨어져 사는 내 삶의 방식을 자신에게 일러주는 메아리와 같다.

    지게를 지고 고요한 나무들 사이를 이리저리 다니다 보면 잎이 무성할 때에는 눈에 잘 띄지 않던 짐승의 흔적을 종종 보게 된다. 새끼를 키워 나간 새집이 앙상한 가지에 드러나고, 말라비틀어진 칡넝쿨 아래는 토끼 똥이 방울방울 모여 있다. 껍질이 허옇게 벗겨진 어떤 소나무에는 까칠한 털이 엉켜 붙어 있는 진흙이 묻어 있다. 진드기 때문에 가려움을 참지 못한 멧돼지가 진흙탕에 뒹굴고 남긴 자국이었다. 순간 무섭기도 했지만 피가 나도록 몸을 긁어댄 멧돼지가 불쌍한 생각이 들었다. 이렇게 흔적을 남긴 멧돼지는 지금 어느 숲속을 헤매고 있을까.

　모든 현재는 흔적을 남기고, 그것은 추억이 되어 우리에게 되돌아온다. 현재의 고통에만 집착해 행동한 일들을 돌이켜본다. 이제 내 몸에 나이테 하나를 더 늘리고 또 한 해가 간다. 새로운 한 해가 온다는 것은 훗날 아프지 않을 추억을 만들어갈 기회가 온다는 뜻도 있을 것이다.

노인의 움막엔
다시 연기가
오르고

치악산 겨울 숲에 싸락눈이 내린다. 물을 길어다 솥에 붓고 아궁이에 장작을 태우며 부엌문 밖으로 내리는 적막과 고요의 흰 가루들을 본다. 아궁이에 활활 타오르는 불길과 싸락눈, 문득 미당未堂의 시구절 하나 생각난다. "싸락눈 내리어 눈썹 때리니/ 그 암무당 손때 묻은 징채 보는 것 같군."

내 움막 500미터 아래쯤에 유일한 이웃인 노부부가 염소를 키우며 살고 있다. 할아버지의 연세는 올해 일흔여덟이다. 처음 내가 이곳으로 온 육 년 전에 할아버지는 염소사료 두 포대를 지고 거뜬하게 산길 2킬로미터를 앞서 걸어가시고 나는 한 포대를 지고 낑낑거리며 뒤를 따랐다. 우리는 앞서거니 뒤서거니 굴뚝에 흰 연기를 피워 올리며 이 숲에 살았다.

그러던 할아버지께 운명이 보내준 선물이 찾아왔다. 스무 살 무렵 사고를 당해 정신을 다친 딸을 잃어버리고 마음에 묻고 살아오던 할아버지가 며칠 전 음성의 한 요양원에서 그 딸을 찾았다. 삼십 년의 세월이 흐른 뒤였다. 이미 쉰이 넘은 딸이 "아부지!" 하면서 해죽이 웃더라고 했다. 할아버지는 마당의 화덕에 산당귀를 끓이고 시내에 나가서 과자와 빵을 한 아름 사왔다. 좋아하시던 술도 끊고 주름진 얼굴에는 깊은 삶의 애착이 드러났다. 더 오래 살아야 할 삶의 무게가 늙은 어깨에 얹어진 것이다.

평소에 가끔 내 움막으로 오는 오솔길을, 꽃밭을 옮겨가는 나비처럼 비틀비틀 올라오셔서 "야 이놈아 술 한 잔 내 와라!" 하기도 하고, 삼월 삼짇날이나 음력 구월 구일에는 몇 개의 과일과 포를 가지고 바위아래 터에서 기도를 드리던 할아버지. 그 가슴 깊은 곳에서 마르지 않고 흘러간 슬픔의 샘을 이제서 나는 들여다본다. 할아버지의 굴뚝에도 지금 느리게 저녁 군불 때는 연기가 피어오르고 있을 것이다.

산뽕나무를 잘라 세워놓은 네 개의 기둥 끝에 쓸쓸하게 앉아 먼 능선을 바라보는 나무새들의 껍데기가 부르튼 손처럼 꺼칠하다. 저녁이 오면 가끔 이 산뽕나무 솟대 아래서 방향을 틀 수 없는 나무새가 바라보는 먼 능선을 함께 바라보며 어스름에 물들 때가 있다. 잎 떨어진 밤나무와 상수리나무 산 벚나무 느릅나무 북나무…… 늙은이들처럼 말없이 모여 있는 침묵과 침묵 사이로 산 아래를 향해 내려가는 구부러진 오솔길이 배를 뒤집고 죽어 있는 뱀처럼 차갑고 고요하다.

누구를 기다리지 않아도 무연히 이 오솔길을 바라볼 때가 있다. 이미 몇 번 내려 앙상한 나무들의 가지 끝에 눈의 칼을 세우고 골짜기를 휘몰아가는 바람에 흩뿌려진 겨울나무의 눈꽃들. 북향의 비탈에 쌓여 있는 눈 위에 또 눈을 덮으려는지 하늘이 흐려진다. 연필심처럼 검은 선을 몸의 가운데에 긋고 하얗게 배를 가른 가시나무 장작을 부엌으로 옮기고 방공호처럼 움푹 파인 부엌으로 들어간다.

아궁이 가득한 장작이 어느새 불타 갈라진 논바닥 같은 무늬를 새긴 시뻘건 불덩이가 되었다가 부서져 바닥에 불꽃보다 환한 잉걸들이 쇳소리를 내며 재로 사그라지고 있다. 부엌문 밖으로 어스름이 차올라 마당에 서 있는 늙은 밤나무가 시꺼먼 그림자처럼 서 있다. 어둠에 눈이 밝아지자 언제 시작되었는지 저녁의 고요 속으로 풀풀 눈송이가 내리고 있었다.

탁탁, 발 터는 소리에 뒤이어 툇마루에 짐 벗어놓는 소리가 들렸다. 창호지 바른 방문을 여니 부르는 소리도 없이 그가 와서 마루에 내려놓은 배낭을 열고 있다. 그는 가끔 그렇게 온다. 맞이하는 나 또한 별 소란 없이 처마에 걸린 알전구에 불을 밝히는 것이다.

"눈이 제법 오네! 불 언제 땠나?"

배낭에서 꺼낸 검은 비닐봉지를 풀어 날 돼지머리를 꺼내며 그가 말했다.

아직 불씨가 완전히 사그라지지 않은 아궁이에 새로 장작을 집어넣고 방으로 들어가자 말하니 불이나 쬐자며 담배 두 개비를 제 입에 물고 불을 붙여 내게 하나 건네준다.

팔팔 끓는 솥에서 그가 돼지머리를 꺼내는 동안 나는 뒤껻 구덩이 독에서 배추김치 반 포기를 내오고 후추를 뿌린 굵은소금 접시와 도마를 가져왔다. "새우젓 있나? 아니 됐다!" 그가 혼자 말하고 대답하며 도마 위에 고기를 발라놓고 있었다.

뚜껑을 비틀어 딴 소주병을 그가 나에게 건네주었다. 말없이 그의 잔에 소주를 따랐다. 초저녁을 어둡게 덮었던 구름을 모두 쏟아놓으려는지 바람도 없는 허공에 눈송이가 사륵사륵 내리고 있다. 알 전구 불빛만큼 밀려난 어둠 안에서 눈송이는 흰 알몸으로 소리 없이 내려와 눕는다. 어둠 밖 꺼칠한 겨울 숲으로 희부연 눈의 그림자들이 스며들고 별 말이 없이 소주잔을 기울이는 그와 나의 이십 년 세월 속으로 아련하게 눈이 스민다.

밤새 내린 눈으로 온 산이 덮이고 나무들과 마른 덩굴에 쌓인 눈꽃이 눈부신 아침!

말린 칡뿌리를 넣어놓은 배낭을 메고 그가 첫 발자국을 내며 산을 내려갔다.

란이와
연두

"저리 못가 이 새끼들!"

이 깨끗하고 고요한 겨울 숲 아침, 방문을 열고 욕으로 하루를 시작하다니!

부지런한 두 마리 닭과 이제는 개구쟁이가 된 강아지 둥둥이가 어서 아침밥 달라고 기웃거리고 있다가 밥은 고사하고 방 빗자루 인사를 먼저 받는다. 이놈들이 툇마루에 올라와 닭들은 여기저기 물똥을 싸놓고 강아지는 국화꽃 발자국을 흩뿌려 놓았다. 여름이라면 물걸레로 한번 닦아내면 그만이지만 걸레가 꽁꽁 얼고 마룻바닥이 얼음장인 겨울에 제 얼굴 씻기도 귀찮은데 누가 좋아하겠는가? 궁시렁거리며 짜놓은 모습 그대로 얼어 있는 걸레로 닭똥을 닦아내고는 빗자루로 대충 흙먼지를 쓸어낸다.

개구쟁이 강아지는 작년 추석날 태어났다. 제 어미 능선이가 첫배로 네 마리를 낳은 것인데 두 마리는 죽고 두 마리가 살았다. 매표소 아래 사는 진우형님이 한 마리 가져가고 이놈은 어디 줄 데도 없고 혼자서 멍하니 먼 산만 보며 지내는 제 어미 능선이가 안된 생각도 들어서 그냥 키우고 있다. 추석 보름달을 보며 태어나기도 했고 제 어미 능선이 품에 둥둥 떠다니며 살라고 둥둥이라 부른다. 내가 지은 이름은 아니고 이곳을 방문했을 때 눈도 못 뜬 이놈들을 귀엽다고 안아주고 간 사람이 서울에서 전화로 지어준 이름이다.

쌍둥이처럼 붙어 다니는 닭은 여주에 사는 친구들이 키워서 잡아먹겠다고 작년 봄에 가져다놓은 열 마리 중에서 운 좋게 살아남은 놈들이다. 달랑 두 마리인 것을 닭장에 가둬 두기가 불쌍해서 문을 열어 놓았더니 제 숨을 만한 곳을 찾아 잠을 자고 낮에는 마당을 얼쩡거리고 돌아다닌다. 먹을 것이 많을 때는 본 척도 안 하고 도망 다니더니 눈이 쌓이자 마루까지 올라와 친한 척을 하다가 이렇게 욕을 먹는다.

원주 시내 우체국에 갔다가 오는 길에 강아지를 가져간 진우형님 집엘 들렀다. 형수님이 "가을이 좀 보고 가세요!" 했다. 이놈은 전원주택으로 멋지게 지어진 집 정원에 고무로 만든 예쁜 단독주택에서 빨간 리본이 달린 목사리를 차고 있었다. 목욕도 자주 시키는지 털이 보송보송했다. "아이고, 이놈 호강하네요!" 인사를 하고 산길을 올라왔다.

집을 팽개치고 밤이면 아궁이에 기어들어가 재를 덮어쓰고 나오는 내 강아지들, 눈밭에 화살 발자국을 찍으며 말라비틀어진 풀밭에서 몇 알갱이의 씨앗을 탁발하는 두 마리 닭들, 문득 측은한 생각이 들어 마음이 짠해졌다. 그러나 너희들은 쇠줄에 달린 목사리가 없고

가둬놓은 울타리가 없지 않은가!

둥둥이 이름을 지어준 서울의 방문자에게 전화를 했다. "저, 닭 이름 좀 지어주세요!"

알을 잘 낳으라고 '란'이 새순이 돋아나는 봄을 꿈꾸라고 '연두' 이렇게 예쁜 이름을 얻었다. 그래, 이제부터는 이름을 불러주마. 혼잣소리가 많아지는 긴 겨울을 너희들의 이름이라도 불러주며 나도 초록이 움트는 봄을 기다리자.

……그래도 마루 더럽히면 혼난다!

그걸
뭘
먹겠다고!

흙벽 아래 기대놓은 통나무의자에 앉아 해바라기를 한다.

쑥쑥 자라나는 여린 풀들의 얼굴 위로 봄바람이 지나간다. 일제히 손을 흔드는 연둣빛 어린 손바닥마다 햇살이 퍼진다. 눈 비비고 이슬을 말리는 들꽃에게 벌써 인사를 하고 돌아오는 꿀벌의 겨드랑이가 간지럽다.

주인이 가끔씩 들르는 아래 움막에서 혼자 사는 개 루시 사료를 주고 물 한 바가지 떠다놓고 돌아서는데 염소 할아버지가 부르신다. 할머니와 둘이 마당가에서 하릴없이 봄볕을 쬐고 있다. 패다 만 참나무 장작이 보였다. 한겨울만큼씩은 아니어도 불을 계속 때야 하니 봄에도 조금씩 장작을 준비한다. "겨우내 불 때느라 고생하셨네요!" 할머니가 웬 파인애플을 내온다. "영원사에서 공양주 보살이 가져왔어!" 전에는 종종 과일이나 떡도 얻어다 먹었는데 이제는 기운도 없고 절에 잘 가질 않으니 이렇게 가져다주어야 먹어본다며 껍질을 벗긴다. "상추씨 뿌리기는 좀 이르지요?" "살살 뿌려놓고 비닐을 덮어놔!" 우리를 나온 염소들이 양지쪽 비탈로 몰려다니며 먹을 것을 찾고 있다. 새끼를 데리고 나온 어미 염소는 매매거리며 빨리 오라고 재촉한다.

염소 할아버지네 흙집은 서향 비탈 안쪽에 자리 잡고 있어서 저녁볕이 길게 들고 앞산 능선초록의 나뭇잎으로 쏟아지는 햇살이 보기 좋다. 비탈의 아래쪽으로 난 오솔길이 내 움막으로 올라가는 길인데 이곳에서 보면 누가 오고가는지 훤히 보인다. "자네 집에 손님 오나?" "아니요!" 하며 오솔길을 내려다보니 한 남자가 마대자루를 들고 위로 올라가고 있다. 몇 마디 더 얘기를 주고 받다가 "씨감자 남으면 좀 주세요!" 인사를 하고 발걸음을 옮겼다.

내 움막의 입구에는 열댓 그루 두릅나무가 있는데 이제 앙상하던 외줄기에 가시가 돋아나고 물이 오르기 시작했다. 두릅 순을 따려면 아직 한 달 정도는 기다려야 할 때다. 아까 보았던 젊은 남자가 작은 톱으로 두릅나무 꼭대기 마디를 몽당몽당 자르고 있다가 멈칫하고 쳐다본다. 사내는 묻지도 않은 말을 어색하게 늘어놓았다. 옆에 내려놓은 마대자루를 힐끗 보니 싹도 안 자란 두릅나무 마디를 잘라 담아놓고 있었다. 계곡을 올라오며 그가 이 짓을 하고 왔을 생각을 하니 짜증이 났다. 두릅이 얼마나 맛있고 몸에 좋은지 모르지만 겨우내 앙상하게 대궁만 남아 견디다가 봄이 되어 저도 새순 한번 틔우려고 이제 간신히 눈망울을 뜨고 있는데 그것도 못 기다리고 누가 먹을 새라 대가리를 쳐가는 인사가 탐욕스럽고 못나 보였다.

이곳에 살고 있는 사람을 보았으니 그만하겠지 하고 말도 않고

올라왔다. 그런데 움막에 올라서서 내려다보니 미적거리던 사내가 가
시 돋친 두릅나무를 다시 휘어잡고 있다. 나는 버럭 소리를 질렀다.
　"거 좀 싹이나 나면 올라와서 따가요, 그걸 뭘 먹겠다고!"

그럼
그게
뭐지?

"어머, 이게 무슨 꽃이에요?"

머리가 길고 지게를 지고 숲길을 오르내리는 이유로 불쑥 이런 질문을 받기도 하고, 가끔 등산을 하고 내려오는 이들이 뿌리가 달린 풀 한두 포기를 캐서 들고 가다가 "이게 무슨 약초예요?" 물어오기도 한다. 그럴 때 "아 이건 무슨 꽃이고요, 이건 무슨 약초인데 어디가 아픈 데 좋은 약이에요" 하고 대답할 수 있다면 나도 좀 폼이 나고 제법 산사람처럼 보이겠는데 그게 마음대로 안 된다. 봄 여름 가을에 잠깐씩 피고 지는 수많은 야생 꽃들의 이름을 중얼거리며 외우고 다시 봄이 되어 그 꽃이 피면 반갑기는 하지만 머릿속엔 다시 또 이름을 알 수 없는 꽃이 되어버리곤 한다. 그런 날은 사진이 함께 나온 식물도감을 들여다보거나 약초에 관한 책을 들춰보기도 하지만 금방 덮어버리고 만다. 올해로 숲에 들어온 지 육 년째가 되어가지만 나는 아직도 야생화나 산 약초에 대해서 잘 알지 못한다. 그저 숲길을 오고 가다가 자주 눈에 뜨이는 꽃 이름을 알고 칡이나 더덕 당귀 정도의 이름을 안다. 산나물이야 밑에 사시는 할아버지에게 이것저것 물어보아 그래도 싱싱한 푸성귀 오찬을 차려먹을 정도는 되는 편이다.

한번은 다래 순을 따러 계곡을 올라갔다가 특이한 잎사귀의 풀을 보았다. 세 가닥의 줄기가 나 있고 그 끝에는 세 개씩의 이파리가 달려 있었다. 이게 혹시 삼지구엽초? 나도 이름은 들어보았지만 확실하게는 알지 못했다. 심심풀이로 한 움큼을 뜯어 툇마루에 던져놓았다.

그날 오후에 여주에서 트럭 운전을 하는 세 명의 친구들이 찾아왔다. 그중의 한 친구는 오랫동안 택시 운전을 하다가 직업을 바꾼 지가 얼마 되지 않았다. 그는 건강을 위해서 주말이면 등산을 다녔고 그러면서 약초나 산열매 나물에 대해서도 제법 많이 알았다. 이곳에 오면 주변을 돌아다니며 이것저것을 캐 와서 자신의 지식을 은근히 자랑하기도 했다.

내가 심심풀이로 캐다놓은 풀을 보더니 대뜸 "이거 삼지구엽초 잖아?" 하는 게 아닌가. 갑자기 장난기가 발동한 나도 "잘 아시네!" 맞장구를 쳤다. 이게 정력에 끝내주는 거라는데…… 그럼 우리 한번 삶아 먹어보자!

금방 마당의 화덕에 걸린 솥에서 연기가 올라왔다. 쑥물같이 우러난 삼지구엽초(?) 달인 물을 한 사발씩 나누어 먹고 서로 농지거리를 하며 시시덕거렸다. 뒷맛이 달콤하고 구수하기도 했지만 속으로는 우습기도 하고 조금 찜찜하기도 하던 차에 친구가 이거 어디서 뜯어

왔나 물었다.

"요 위에 계곡에 가면 많이 있어!" 방문객들은 유쾌하게 계곡으로 올라가 한 포대를 뜯어 나누어 가지고 돌아갔다. 나는 "이런 것은 조금씩 먹어야 효험이 있대. 한 번에 많이 먹진 마!" 당부를 했다.

이틀이 지나고 그 친구에게서 전화가 왔다.

"야, 이거 삼지구엽초 아니래!"

……그래? 그럼 그게 뭐래?

숲으로 온
어린
손님

내 사는 숲으로 가끔 방문자들이 온다. 그들은 주말이나 공휴일에 여럿의 친구들이 어울려 오기도 하고 가족과 아이들을 데리고 오기도 한다. 대개 하루나 이틀 정도 머물다 자신들의 생활로 돌아가기 위하여 다시 산길을 내려간다.

이번에 내려온 방문자는 좀 다르다. 그는 올해 열여덟 살이다. 대학입시에 실패하고 재수를 한다고 했다. 이곳에서 한 달을 머물고 싶다고 했다. 그의 아버지와 나는 같은 피를 나누지는 않았지만 나는 그 형님의 정신의 피를 수혈받고 싶어 할 만큼 존경한다. 그러한 아버지라 할지라도 아들의 생활은 자신의 눈높이에 만족하도록 통제할 수는 없는가 보다.

시외버스터미널로 그를 마중 나갔다. 초등학교 시절의 어린 모습만을 생각하고 대합실을 기웃거리며 찾았지만 그를 찾을 수 없었다. 그때, 내 어깨를 툭 치며 인사를 하는, 청년이 다 된 남자가 바로 나를 찾아온 방문객 '등하'였다. 환하게 인사하며 밝고 당당하게 보이는 등하의 내면에 어떤 괴로움이 있어 인적 없는 산속에 사는 삼촌을 찾아가고 싶은 마음이 들게 했을까 생각하고 그의 얼굴을 가만히 들여다보았다.

그는 사흘 동안 깊은 잠을 잤다. 눈을 뜨고 일어나면 밥을 차려주고 그 밥을 먹고 나면 다시 잠을 잤다. 나는 그에게 알량한 훈계나 잔소리는 하지 않기로 했다. 그저 그가 하고 싶은 대로 하도록 간섭하지 않았다. 사흘이 지나고 밤나무에 매어놓은 그네에 앉아 초록이 짙게 물드는 먼 능선을 바라보고 있는 등하에게 물었다.

"그래 한 사흘 지내보니 어떤 생각이 드니?"

"삼촌, 인생의 고민이 하나도 없어졌어요!"

그도 웃고 나도 웃었다.

그는 시키지도 않았는데 지게를 지고 나무를 해왔다. 그리고 저녁이면 아궁이에 불을 지폈다. 삽으로 텃밭을 뒤집고 마당에 개똥을 치우고 닭 모이를 주었다.

그가 여기로 오기 전에 그의 아버지는 컴퓨터게임에 너무 빠져 있고 핸드폰에 얽매여 친구들에게서 헤어나지 못하는 그를 걱정했다. 그러나 그는 이곳에서 생활하며 자기가 가장 중요하다고 생각하는 것들이 그렇게 중요한 것이 아니라는 것을 느끼는 것 같았다. 내가 우스갯소리로 "등하야, 우리 원주시내에 PC방 한 번 가야 되는 거 아냐?" 하면 "에이 삼촌 나무나 하러 가요" 하고 대꾸했다.

등하와 3주간 생활하면서 나는 이런 생각을 한다. 아이들은 부모가 생각하는 것처럼 철없고 어리석지 않다. 어쩌면 자식을 보는 모든 부모들의 눈이 색맹이다. 다시 서울로 돌아가는 터미널에서 등하의 어깨를 꼭 안아주었다. 그도 팔을 둘러 내 허리를 꼭 안았다. "삼촌, 서울 가면 열심히 할게요!" 나는 웃으면서 말했다. "뭐 하러 그래. PC방도 열심히 다니고 핸드폰 붙잡고 만날 친구들이나 만나지."

터미널을 빠져나가는 버스의 유리창에서 손을 흔드는 등하의 눈빛이 아름답다.

그래, 등하야. 때로는 하기 힘든 일도 하면서 사는 게 삶이란다. 올해는 네가 원하는 과를 선택해서 대학에 들어가고 예쁜 여자친구와 다시 삼촌이 사는 이 숲으로 놀러 와라. 그래야 나도 너한테 나무 해오라고 시키고 아궁이에 불도 때라고 하지!

네가 즐거워
나도 즐겁다

오월은 분주하다. 내가 분주한 것이 아니라 새들과 꽃과 나무와 벌통의 벌들 그리고 텃밭에 씨를 뿌린 푸른 싹들이 분주하다. 알 일곱 개를 품어 다섯 마리의 병아리를 얻은 암탉 란이는 자랑스럽고 대견하게 새끼들을 거느리고 마당과 꽃밭을 헤집으며 돌아다닌다. 시비를 거는 강아지에게는 털을 부풀리고 어딜 까부느냐고 겁을 주기도 한다.

건넌방으로 가는 마루 밑에 낡은 운동화와 구멍 뚫린 장화를 보호막 삼아 아홉 개의 알을 모아두고도 품지를 못해 너는 뭐하는 놈이냐고 나한테 구박을 받던 연두도 드디어 날개를 부풀리고 알을 품는다. 두 마리 암탉에게 언제 봤냐는 듯이 외면당하는 수탉 장군이만 야속한 듯이 모가지를 길게 늘이며 꼬끼요~오! 한 곡조 뽑아낸다.

찔레꽃 하얗게 피고 애기똥풀이 샛노랗게 손을 흔드는 풀밭 옆에는 대파 꽃이 코끼리 귀이개 하면 좋게 활짝 피었다. 여기저기 한 무더기씩 품위 있게 피어난 자줏빛 붓꽃을 바라보며 마음이 급해진

지느러미 엉겅퀴가 검붉은 꽃망울을 맺는데 나비가 벌써 날아와 언제 활짝 피느냐고 재촉을 한다. 처녀 새와 총각 새들이 밤나무와 개복숭아 나무 가래나무 가지를 옮겨 다니며 노래를 부르고 맞선을 보고 얼굴을 붉힌다. 이미 짝을 맞은 새들은 늙은 밤나무 밑동에 붙은 이끼를 물어 이파리 무성한 초록의 숲에 은밀한 신혼 방을 꾸미느라 바쁘다.

하루 종일 헤집고 다니는 닭들의 갈퀴 발을 피해 싹을 틔운 옥수수는 쑥쑥 키를 늘이고, 올해 처음 씨를 얻어 심은 완두콩은 받침대를 세워달라고 조른다. 세 고랑의 감자는 벌써 꽃봉오리를 맺는다. 잔잔한 초록의 파도를 일으키고 민소매 입은 내 겨드랑이를 간질이며 산정으로 올라가는 이 바람, 너희들이 즐겁고 평화로우니 나도 즐겁다.

망치와 톱과 작은 못이 든 통을 들고 목장갑을 낀다. 집을 짓는 분주한 새들의 목수 일을 나도 거들고 싶다. 작년에 쓰고 남은 됫박 같은 벌통을 가져와 새집을 짓는다. 딱. 딱. 딱. 망치소리와 새소리가 뒤섞이는 숲에 따사로운 한낮의 햇살. 초록 잎사귀들이 일광욕을 한다. 동그란 구멍을 뚫어 고목처럼 자란 산뽕나무에 새집을 걸어놓으니 전셋집을 구하러 다니던 가슴 털 노란 딱새 신혼부부가 들락날락 집 구경을 한다.

파란 고무호스로 계곡물을 끌어다 만들어놓은 작은 분수대에서 반짝이는 물줄기가 흩어진다. 팔랑이며 떨어진 잎사귀 몇 장을 손

으로 헤집으며 맑은 물에 세수를 한다. 졸졸 따라다니던 강아지 둥
둥이가 발뒤꿈치를 무는 시늉을 하며 장난을 친다.

끝없이 갈마드는 마음의 잔물결을 스스로 다독이며 저 무구한
것들을 바라본다. 내가 아프면 너희들이 덧없다. 고맙다. 오늘 너희들
이 즐거워 나도 즐겁다.

　　마당에 개복숭아나무 세 그루가 있다. 거름을 따로 하지 않는 이 복숭아나무들은 스스로 꽃을 피우고 열매를 맺고 따 먹는 이 없이 제 발 아래 벌레 먹은 복숭아를 떨군다. 산밤이나 도토리 개복숭아 머루 다래같이 야생으로 자라는 것들은 흔히 해거리를 하며 열매를 맺는다고 한다. 봄에 두 그루의 고야나무와 산 목련나무 흰 꽃 사이에서 연분홍의 꽃수를 화려하게 놓았던 개복숭아나무에 주렁주렁 개복숭아가 달렸다. 뙤약볕을 빨아먹으며 한창 크는 복숭아를 보니 지난해 생각에 자꾸만 웃음이 난다.

　　개복숭아는 따 먹는 것보다는 떨어진 놈을 주워 먹어야 맛있다. 살갗이 노르스름하고 말랑말랑한 것을 주워 반으로 갈라보면 여문 씨가 쏙 빠지는데 손가락으로 흰 복숭아벌레를 긁어내고 한 입에 우물거리는 맛은 새콤달콤하다. 볕 좋은 점심 무렵에 개복숭아나무 아래에서 발로 풀을 헤적이며 어슬렁거리는데 열매도 안 달린 산다래 덩굴이 잎만 무성하게 우거진 숲 아래쪽에서 아주머니들의 말소리가 들린다. 조금씩 커지는 소리가 이리로 올라오고 있나 보다. 조금 있으니 모습을 드러낸 세 아주머니가 보인다. 한 분은 아랫마을 매표소 초입에서 토봉을 하시는 남교 씨네 집 아주머니이고 한 분은 여기서 능선을 세 개 정도 넘어 있는 암자의 공양주 보살님 그리고 한 분은 잘 모르겠다.

"처사님! 뭐 하셔?"

일 년에 한두 번 정도 산책삼아 올라오시는 공양주 보살님이 첫 말을 떼며 올라오신다.

개복숭아나무 아래 풀들을 헤적이며 "놀아요! 어여 와 개복숭아 좀 잡숴보세요."

"아유! 오미자 좀 있나 하고 올라왔는데 통 없네요."

보이는 대로 개복숭아를 한 바가지 주워 마당에 선 채로 몇 개씩 나눠 먹는데 남교 씨 어머니 말씀이 개복숭아는 봄에 씨가 생기기 전에 따서 간장에 담가 놓으면 맛있는 장아찌가 된단다.

"점심땐데 라면이라도 끓여드릴까요?" 하니 점잖으신 남교 씨 어머니가 손사래를 치시며 말리신다.

"아유! 산에서 양식도 귀한데…… 물이나 한 바가지 마시고 내려가지요."

계곡물 받아놓는 함지박에서 물 한 바가지를 떠와 돌려 마시고 내려놓은 배낭을 지고 돌아서신다.

"아참! 친구들이 사다놓은 토종닭이 있는데 마당 양은솥에다 백숙이나 해 잡숫고 내려가시지. 산당귀도 있고…… 황기도 좀 있는데……."

　"다음에요!" 하면서 내려가시는 뒤에다 "그럼 조심해서 내려가세요" 하니 앞서가던 공양주 보살님이 뒤돌아보며 "내일 우리 스님 모시고 올게요. 닭은 그때 삶아요!" 하시며 씽긋 웃으신다.

괜찮다!

해발 700미터인 이 산속에 오디오가 하나 있습니다. 어울리지 않는 일이기도 합니다. 오래된 인켈 오디오. 마치 〈메밀꽃 필 무렵〉의 허생원이 다 늙은 당나귀를 버리지 못하듯 저도 다 버리고 다닌다고 했지만 차마 이것만은 어쩔 수 없어서 십 수 년을 끌고 다닌 놈입니다. 그러니 놈도 많이 상하고 늙었습니다. 아무도 없는 산속에서 산을 향해 음악을 크게 틀어 놓습니다. 누구도 의식할 필요 없다는 사실, 그러나 소리를 듣는 나쁜 습관 때문에 소리통 저음부가 터진 지가 오래되었습니다. 그도 그러려니 하고 지낼 무렵 한때 안산에서 소리 박물관을 운영하셨던 김재수 회장님께서 십여 년 만에 갑작스레 연락을 주셨습니다. 한때 인연이 다시 이어지는 순간이었습니다. 인연이 이어진 회장님께서 어느 날 산속을 방문하셨습니다.

"아우, 이 소리를 계속 들었던 거야."

"예, 산속에서 이만하면 괜찮습니다."

"허 참!"

그 회장님 산을 내려간 지 일주일 만에 전화가 왔습니다. 앰프와

스피커 그리고 포노까지 다 맞추어 놓았으니 가지고 가라고.

음악을 듣는 일, 그것은 저의 집착이기도 합니다. 그러나 스스로 위로합니다. 식물성에의 집착은 괜찮다고.

아는 후배에게 연락을 하고 차를 빌리고 오디오를 싣고 산으로 돌아왔습니다. 장마철인 탓에 계곡물이 불어 익숙하지 않은 이들은 자기의 몸도 가누지 못할 정도로 물살이 세게 흘렀습니다. 집으로 돌아가기 위해 꼭 건너야 하는 네 개의 물길. 스피커에 충격을 주어서는 안 된다는 말을 떠올리고 말 그대로 애지중지의 마음으로 물을 건넜습니다. 그날 계곡물은 저에게 장애물이기도 했지만 평상시에는 보호막이기도 한 까닭에 즐거운 마음으로 짐질을 했습니다. 하루 종일 지게를 지고 오후가 다 되어 오디오 세팅이라는 것을 다 마쳤습니다. 새것들은 아니었지만 제 눈에는 반짝반짝 빛나고 있었습니다. 하루 종일 땀을 흘린 보람. 함께 보내준 LP판 한 장을 조심스럽게 올렸습니다. 슈베르트의 〈겨울 나그네〉. 80년대 음악감상실 한쪽에 가만히 놓여 있었을 법한 수제 스피커에서 깊고 슬픈 소리가 흘러나왔습니다. 음악은 저를 상상의 세계로 이끕니다. 저는 오늘 한여름 밤을 걷는 나그네를 상상합니다. 외출을 준비합니다. 옷을 갈아입고 작은 가방을 하나 들고 마지막으로 신발을 신습니다. 발을 한 번 툭툭 털어봅니다. 어떤 이들은 저를 탓하기도 하겠지만 무위도식의 장엄함에 매료된 저는 오늘 나그네일 뿐입니다. 스스로 연민에 빠졌을 때 저는 제게 속삭입니다.

'괜찮다.'

'괜찮다.'

가을
편지

"아, 벌써 가을인가!"

가을은 이렇게 혼자서 중얼거리는 허전한 탄식으로 온다.

꽃과 바람과 구름. 계곡의 그늘 사이로 흘러내리던 물소리 그리고 초록의 잎사귀마다 눈부시게 부서지던 빛 가루들. 여름의 계절에 조력助力하던 자연의 모든 것들이 이제 다시 오고 있는 가을을 위해 느리게 그러나 어김없이 그 모습을 바꾸어간다. 닭장 울타리를 따라 노란 꽃망울을 터뜨리던 달맞이 꽃잎이 시들고 깨알 같은 씨가 여물어간다. 하루 종일 마당과 꽃밭을 헤집고 다니는 닭들의 눈길을 피한 귀뚜라미들이 또르륵거리는 울음으로 내 귀를 열어놓고 시들어가는 봉숭아 꽃밭에 내린 밤이슬을 동글게 말아놓는다. 동그라미 속에 까만 씨를 가득 물고 있는 해바라기를 흔들고 지나가는 서늘한 바람. 풋밤송이 몇 개가 지붕으로 툭툭 떨어진다. 가을은 또 그렇게 오고 있는 것이다.

여름의 방문자들이 떠나간 빈 숲을 산책한다. 무성하게 번식하는 생명력으로 잡초라는 이름으로 불리는 수없이 많은 종류의 풀들이 또 한 해를 거뜬하게 살아낸 제 삶을 스스로 위로하듯 머리에 작은 꽃들과 열매를 매달고 있다. 장화를 신고 지팡이로 오솔길을 덮은 풀을 툭툭 치며 걸어가는 고요한 산책길에 빛 그늘이 슬쩍 흔들린다. 부지런히 알맹이를 채워가는 밤송이들이 까실한 가시 속으로 가을바람의 양분을 빨아먹으며 높고 파란 하늘을 향해 깨끗한 숨을 쉬고 있다. 먼 곳으로 흘러간 어느 후손의 가슴에 아직도 그리움의 탯줄을 연결하고 있는 몇 기의 묵뫼도 장날에 머리를 깎은 촌로처럼 쓸쓸하게 단정하다. 분봉을 하는 야생의 벌들이 들어오지 않을까 하고 양지바른 바위틈에 가져다 놓은 몇 개의 벌통이 그대로 비어 있는 채로 덩굴 풀에 휘감겨 있다.

작년 이맘때쯤에 오리나무를 감고 올라가며 붉은 구슬 같은 송이를 매달았던 오미자덩굴 숲으로 걸음을 옮긴다. 올해도 열 송이 남짓한 오미자 열매가 층층이 나무를 감고 올라가며 매달려 있다. 나 아니면 보아줄 사람이 없겠지 하는 생각에 붉게 익어가는 열매를 보고 반가운 마음이 들었다. 그러나 어쩌면 내가 너를 발견한 것이 아니라 네가 나를 발견한 것일지도 모를 일이다. 무성한 여름의 시간에 너는 이렇게 혼자의 시간을 가꾸며 대견한 열매를 맺고 있었구나. 지난여름, 숲으로 온 방문자들과 함께 어울려 내 마음은 들뜨고 흔들렸다. 내가 살고자 했던 방식이 아닌 것에 호기심을 갖기도 하고 그것들에 대한 결핍감에 자신을 괴롭히기도 했다. 그러나 이제 가을이지 않는가. 이 숲에서 작은 위안을 얻고 돌아간 이들이 또 자신의 삶에 몰입하듯이 나만의 시간으로 돌아갈 때가 온 것이다.

아무도 밟지 않은 오솔길의 키 큰 풀꽃을 가슴으로 스치며 홀로
움막으로 돌아온다. 이것이 내 삶이다.

숲속의
가을걷이

　내가 살고 있는 움막 지붕은 비닐 덮개로 덮여 있었다. 처음 이 곳에 들어와 그 위에 보온덮개를 씌웠다. 비에 젖고 햇볕에 마른 보온 덮개는 카펫을 깔아놓은 것처럼 부드러운 촉감을 주었다. 볕 좋은 가을날에는 커피 한잔을 들고 이 지붕 카페에 올라와 높고 새파란 하늘을 본다. 모양을 바꾸며 흘러가는 양떼구름. 아래로 흘러내린 능선에 물들어가는 가을의 잎사귀들을 바라본다. 가장 먼저 붉은 물이 드는 산 벚나무 잎사귀가 바람에 사선으로 흩날린다. 팔베개를 하고 누운 내 눈을 간질이며 지붕을 건너 손바닥만 한 마당으로 팔랑이며 날아간다.

　가을 한낮을 이렇게 보내고 있는데 움막 아래 오솔길로 유일한 이웃인 염소 할아버지가 올라오신다. 괜히 미안한 마음에 지붕을 서성거리며 밤송이를 집게로 툭툭 쳐 마당 아래로 떨어뜨린다. "아유, 지붕에 밤송이 좀 긁어내리느라고요!" 인사를 대신하니 할아버지는 멀지도 않은 거린데도 고개를 올려다보며 소리를 지르신다. "마당 것도 안 줍더니 뭔 지붕 것을……." 하시며 툇마루에 검은 비닐봉지 하

나를 내려놓으신다. "야! 도라지가 글쎄 반은 썩었다. 먼젓번에 자네 집에 온 서울 손님들이 조금 사갈 때 다 캤어야하는데…… 헛농사 졌다 야!" 그러고는 잡풀이 우거진 마당 아래 조그만 텃밭을 흘낏 보며 말씀하신다. "그래 자넨 가을에 뭘 좀 거뒀나?" 봄에 야채나 조금 심어먹고 감자 몇 고랑 캔 내 텃밭은 풀들의 운동장이 되어 있었다. 나는 애꿎은 닭한테 핑계를 댄다. "저놈의 닭들을 없애든지 원! 뭘 좀 심어놓으면 다 파헤쳐서요."

커피를 한잔 잡수시고 내려가는 할아버지의 뒷모습을 보며 내 가을걷이를 헤아려본다. 마당에 떨어진 알밤을 주워서 열 개씩 봉지에 담아 냉동고에 넣어두었다. 군불을 땐 아궁이에 구워먹는 간식이다. 그리고 개복숭아와 능금을 주워 항아리에 담아 설탕에 재어놓고 붉은 마가목 열매와 오미자는 과실주를 담가놓았다. 원두막에 펼쳐놓은 돗자리에는 약간의 산당귀가 말라가고 항아리에는 봄에 친구 부인이 메주 네 장을 들고 와 담가놓은 된장이 있다. 그리고 또 나에겐 가장 소중한 것이 있다. 그것은 토종벌통이다. 작년에는 열두 통을 하였는데 농사를 망쳐 꿀을 따지 못했다. 그래서 올해는 벌통수를 여섯 개로 줄였는데 다행히 꿀이 제법 들었다. 나는 숲에 살며 농사지은 것보다는 자연이 준 것을 더 많이 받아먹는다. 숲은 봄에는 온갖 나물을 주고 가을에는 열매를 준다. 이것을 파괴하지 않는다면 자연은 조금 게을러도 나를 굶어죽게 하지 않으리라.

이제 낙엽이 지고 또 시간은 흘러 떨어진 낙엽 위에 눈이 내릴

것이다. 어느 날 산길에 발자국을 내며 올라오는 친구에게 살얼음이
뜬 동치미에 잘 익은 마가목 열매주를 한 잔 내어놓으리라. 그것 역
시 숲이 내게 준 것이다.

“야, 산속에서 무슨 전화통화를 그렇게 오래하냐!”

수화기를 들자마자 형이 지청구를 한다. 전화를 한 선배 형은 서울에서 출판사에 다니고 있다. 그는 직장을 다니고 있지만 본업은 소설가다. 몇 년 전에 장편소설을 쓰기 위해서 경상도 용문산에 있는 빈집에 들어가 일 년을 보낸 적이 있다. 형은 가끔 그때의 붉은 가을 산에 불던 바람과 깊은 밤의 정적과 외로움에 대해서 말하곤 한다. 지금도 담배 한 대 물고 사무실 창밖을 바라보며 덧없이 흩날리는 가을의 잎사귀들을 바라보다 문득 전화를 한 것이다. “그게 아니라 형, 컴퓨터 좀 하느라고요!” 쓸쓸한 가을남자의 분위기를 제때에 맞춰주지 못한 변명을 한다. 나는 전화선을 이용하는 모뎀 방식의 컴퓨터를 사용하는데 속도가 엄청 느리고 또 컴퓨터를 사용하는 중에는 전화통화를 할 수가 없다.

이렇게 가을이 가고 겨울이 오는 계절의 길목에서는 허전하고 쓸쓸한 사내들의 전화벨 소리가 가끔 고요한 내 움막 마당에 수탉의 울음처럼 울린다. 그러면 나는 낙엽을 모아 태우거나 뒤꼍에 수북하게 쌓인 밤송이를 긁어 부엌에 들여놓다가 잠시 툇마루에 걸터앉아 붉게 물든 먼 능선을 바라보며 가래나무와 굴참나무와 낙엽송의 물 들어가는 빛깔에 대해서 말해주는 것이다. 내게 걸려오는 전화는 대개 별 목적이 없다. 그저 문득 생각이 나서, 어떻게 지내나 궁금해서 한 번 해보는 안부전화다. 편지가 사라진 시대에 그리움을 전해주는 엽서 같은 것이다.

나는 할 일이 있건 없건 낮에는 방에 있는 것보다는 주로 마당 밖에 나와 있는 시간이 많다. 벌통 앞에서 작은 구멍 속으로 부지런히 드나드는 벌들을 보거나 지게를 지고 나무를 하거나 이제 곧 닥쳐올 긴 겨울에 대비해서 이런저런 잔일들을 하며 보낸다. 그럴 때 전화벨이 울리면 반갑기도 하지만, 조금 귀찮을 때도 있다. 톱으로 마른 나무를 자르다 허겁지겁 달려와 수화기를 들었는데 "사장님 원주에 좋은 땅이 나왔는데……" 하기도 하고, 벌통을 뒤집어놓고 벌들이 우글거리는 통 속을 확인하다가 급히 받았는데 "거기 정 다방이지요?" 하는 것이다.

잘못 걸려온 전화의 특성은 대부분 조금 있다 또 한 번 한다는 것. 움막에서 50미터는 떨어진 산비탈에서 땔감나무를 하고 있는데 전화벨이 길게 울렸다. 갈 수도 없고 안 갈 수도 없고 망설이다 중간쯤 오는데 전화벨이 끊겼다. 다시 돌아가 나무를 지게에 싣고 비탈길을 내려오는데 또 전화벨이 울렸다. 지게를 받쳐놓고 달려와 수화기를 들었다. "여기는 중앙우체국입니다…… 귀하의 소포가 반송되었습니다⋯⋯" 약이 올랐다. 안내에 따라 9번을 눌렀다. 남자의 목소리가 들렸다. 속는 척 예, 예를 연발하니 남자는 자신 있는 목소리로 사기를 치기 시작했다. "아, 그래요? 제 신용카드가 반송되었다구요? 큰일 났네!⋯⋯ 그럼 너 가지세요!" 나는 남자가 대꾸할 틈도 없이 그 말을 끝으로 전화를 확 끊었다. 다시 지게를 지러 가며 자꾸 웃음이 났다. 중앙우체국장님 욕해서 미안합니다.

움막 뒤편으로 돌아가면 산비탈에 제법 넓은 잣나무 숲이 있다. 화전 하던 사람들이 떠나가며 그들이 일구었던 비탈 밭에 잣나무를 심어놓은 것이다. 수령이 이십 년쯤 된 굵은 나무들과 그 나무들이 떨어뜨린 씨앗에서 자라난 작은 나무들이 듬성듬성 끼어 있는 이 숲은 고요하다. 누렇게 떨어진 잣나무의 침엽들이 켜켜이 쌓여 그 위를 지나가는 발자국 소리를 빨아들이고 양탄자처럼 푹신한 감촉을 전해준다. 장작에 불을 붙이기 위한 삭정이가 필요할 때는 주로 이곳으로 와서 잣나무 아래쪽에 죽은 가지들을 베어간다.

딱딱 부러지는 삭정이 소리와 죽은 나무의 밑동을 베어내는 톱질소리가 겨울 숲의 깊은 고요를 더욱 드러내준다. 흐릿하던 오후의 하늘에서 눈송이가 내려온다. 바람 없는 허공에서 흔들리지 않고 내려오는 눈송이가 조금씩 커지고 어느새 함박눈송이로 변한다. 하나의 움직임도 없는 잣나무 숲에서 느리게 돌아다니며 땔감을 하고 있는 내 구부린 등뼈 위로 소리 없이 눈송이가 내려앉는다. 베어놓은 삭정이들을 끌어 모아 지게에 얹는다. 잣나무 숲 옆으로 흐르는 계곡에 손을 짚고 엎드려 입으로 차고 깨끗한 물을 마신다. 손으로 입가를 훔치며 눈 내리는 하늘을 올려다본다. 입을 벌려 몇 개의 눈송이를 받아먹는다.

숲에 살며 나는 왔다가는 것들에 대해 무심함을 갖기 위해 노력했다. 산 벚꽃이 왔다가고 복사꽃이 왔다가고 붉은 단풍이 물들었다 돌아가고 그리고 사람들이 왔다가는 것, 이 오고 감에 대해 자유롭지 못하다면 숲속 생활이 힘들 것이라고 온 산을 눈부시게 덮은 첫 겨울의 눈꽃을 보며 생각했다.

그러나 이 잣나무 숲에 오면 떠오르는 얼굴이 있다. 늦도록 술을 마시고 이야기를 하던 다른 방문객들이 아직 방에서 자거나 미적거리고 있는 늦은 아침 마당에 세워놓은 지게를 지는데 한 방문자가 따라나서기를 청했다. 서울에서 태어나고 서울을 벗어나 생활해본 적이 없다던 그녀는 호기심 어린 눈빛으로 지게를 지고 가는 내 뒤를 따라왔다. 잣나무들 사이에 죽어 있는 나무를 톱으로 자르고 있는 동안에 그녀는 바닥에 떨어진 삭정이와 잣나무 아래쪽에 죽은 잔가지들을 손으로 꺾어 한곳에 모으고 있었다. 구경이나 하라고 말렸지만 그녀는 웃으면서 부지런히 삭정이를 주어다 모았다. 그녀의 눈빛은 당신의 이러한 삶을 이해하고 있다고 말하고 있는 것 같았다.

그녀와 나는 말없이 나무를 했다. 나뭇지게 위에 그가 모아놓은 한 아름의 삭정이를 얹으며 웃었다. 하루를 더 묵고 방문자들은 돌아갔다.

혼자 이 숲으로 와 나무를 할 때면 그녀가 긴 삭정이를 발로 탁
탁 분지르던 소리가 들린다. 나는 괜히 빈 숲을 한번 두리번거린다.
그 겨울은 가고 벌써 두 번의 다른 겨울이 왔다. 앞서가며 자꾸만 뒤
를 돌아보는 강아지를 따라 나뭇짐을 지고 움막으로 돌아온다. 수만,
수백만 눈송이가 겨울 산에 흩날린다.

멧돼지
가족

　　혹시 멧돼지와 마주치지 않을까 조금은 불안한 마음으로 산길을 다니기도 했지만, 사실 멧돼지와 딱 마주치기는 밤길을 혼자 올라오는 처녀와 마주치기 못지않게 희귀한 일이다. 사람이 산짐승을 두려워하는 것 못지않게 모든 산짐승들은 직립의 동물인 사람을 두려워한다. 더구나 짐승들은 사람의 감각기관보다 훨씬 예민하기 때문에 둘이 결투라도 하려고 예약을 하기 전에는 정면으로 마주친다는 것은 쉽지 않은 일이다.

　　서로가 마주치지는 않지만 이 산속에 동거하면서 서로의 흔적들을 발견하고 서로의 존재를 확인하고 조심하면서 살아가고 있다. 손바닥만 한 몇 군데의 텃밭이 전부인 내게는 멧돼지들이 불안과 두려움을 무릅쓰고 접근해야 할 매력이 없는 것인지도 모른다. 초목이 무성한 계절에는 거의 흔적을 볼 수가 없는 이 멧돼지들이 깊은 겨울이 되어 눈 덮인 산이 얼고 풀이나 넝쿨들이 말라붙어 먹을 것이 귀해지면 가끔 지등紙燈을 켜놓은 내 움막 근처를 서성이기도 한다. 깊은 밤 마당을 가로질러 먹을 것을 찾아 헤매는 발자국 소리는 커다란 돌멩이가 낙엽 위를 굴러가는 것처럼 빠르고 소란하게 들린다. 낮이 되면 멧돼지들은 잠을 자러 어디로 사라지고 그들이 밤새 헤매고 다닌 산비탈을 땔감을 하러 지게를 지고 내가 돌아다닌다. 내 잠자리에서 불과 50미터 남짓한 산비탈에 괴목의 뿌리 같은 칡뿌리를 주둥이로 헤집어 방공호만 한 구덩이를 파놓은 것을 볼 때는 섬뜩한 생각이 들기도 하고 무언가 쓸쓸하고 측은한 마음이 들기도 한다.

　얼마 전 밤길에서 멧돼지 가족을 마주친 적이 있다. 너무 늦은 시간이기도 하고 날씨가 춥기도 하여 어디 여관에서라도 자고 아침에 들어올까 생각하다가 여관비도 아깝고 때마침 보름 무렵이었고 새벽하늘의 깨끗한 둥근달이 움막으로 돌아가고픈 마음을 부추겨 새벽 두 시의 산길을 걸어 올라왔다. 거의 물이 말라버린 세 번째의 계곡을 건너 아름드리 전나무가 우거진 비탈을 올라오면 꽃 진 개망초와 산딸기덩굴이 우거진 구릉처럼 넓은 잡초의 평지가 나오는데 깊은 산중에 뻥 뚫린 허공에 떠올라 있는 달빛이 아름다운 곳이다. 거친 숨도 고르고 달빛도 구경할 겸 길가 작은 바위에 앉아 허공에 목을 꺾고 심호흡을 하는데 비탈의 풀밭에 억새풀 쓰러지는 소리가 들리며 멧돼지 떼들의 국국거리는 코 숨소리가 몰려오고 있었다. 불과 20미터 정도의 풀밭에서 한 무리의 멧돼지가 내가 올라가는 오솔길을 가로질러가기 위해 억새풀을 헤집고 다가오고 있었다. 너무나 긴장하여 머리털이 서고 숨이 막혔다. 만약 도망을 치거나 소리를 지른다면 멧돼지들을 흥분시킬지도 모른다는 생각이 번뜩 들었다. 침착하자고 다짐하고 라이터 불을 반짝이고 헛기침을 하며 내 존재를 알렸다. 랜턴 불빛을 멧돼지들의 정면으로 비추지도 못하고 허공에 대고 둥글게 흔들었다. 그대로 서서 꼼짝을 못하고 있는데 멧돼지들은 나를 별로 의식하지 않고 바위에 걸린 물살이 갈리듯이 나를 에워싸고 흩어져 오솔길을 가로질러 계곡의 비탈로 낙엽을 버스럭거리며 내려갔다. 송아지만 한 큰 놈들과 어린 새끼들이 뒤섞인 십여 마리의 멧돼지 일가와 처음으로 맞닥뜨린 새벽이었다.

무서움의 정체

새벽 두 시에 원주에서 택시를 탔다. 국도를 벗어나 3킬로미터 정도의 산길을 올라와 택시에서 내렸다. 이제 칠흑의 산길 2킬로미터를 걸어서 움막으로 가야 한다. 상향등을 켜며 방향을 틀어 내려가는 택시의 불빛이 야속했다.

초겨울 비가 내렸다. 스산한 바람이 시꺼먼 가지들을 흔들어 젖은 잎들이 휘날렸다. 어디선가 검은 손이 불쑥 나타나 등덜미를 낚아챌 것만 같았다. 차가운 바람이 옷 속으로 스몄다. 첫 번째 물가를 건너려고 징검돌로 놓아둔 돌멩이를 밟다 미끄러져 넘어졌다. 물소리가 깔깔 웃는 소리로 들렸다. 더럭 겁이 났다. 마음이 위축되어 산길을 올라갈 자신이 없어졌다. 택시가 사라진 방향을 되짚어 3킬로미터를 걸어 내려갔다. 제집 가는 길이 무서워서 가지 못한 초보 산 생활 때의 경험이다.

때로 밤에 산길을 오를 때만이 아니라 방 안에서 무서움이 생기는 경우도 있다. 지등 하나를 켜놓고 잠을 자는데 어느 순간에 방 안으로 스며드는 음산한 기운 같은 것이 느껴지고 머리털이 쫙 서는 것이 도무지 무서워서 눈을 감을 수가 없다. 눈을 감는 순간에 괴이한 기운이 무서운 형상으로 내려다보고 있는 것 같아 벽 쪽으로 몸을 돌리지도 못하고 방 안 전체가 보이도록 누워서 눈을 감지 못하고 떨 때도 있다. 그럴 때는 다시 일어나 도리어 방문을 활짝 열고 버럭 소리를 지른 다음 툇마루의 알전구에 불을 켜고 좌정을 하고 앉아 심호흡을 하거나 음악을 크게 틀어놓고 노래를 따라 불러서 기분을 전환하고 다시 눕는다.

나처럼 외진 산속에 살고 있는 사람들이 자주 받는 질문 중에 하나가 "무섭지 않으세요?"일 것이다. 마음속에 공포심이 없는 사람이 어디 있겠는가? 물론 나도 무서울 때가 종종 있었다. 그러나 대개의 무서움이란 실제로 있거나 맞닥뜨리는 것이 아니라 자신의 머릿속에서 만들어내는 상상의 두려움일 가능성이 크다.

손전등 하나를 비추며 산길을 오르다 희끗한 형상을 설핏 보면 가슴이 철렁 하는데 지레 놀라지 않고 가까이 가서 불빛을 비춰보면 십중팔구는 계곡의 물소리를 듣고 있는 커다란 바위인 경우가 많다. 이런 경험은 나에게 머릿속에 있는 상상을 지우고 무심한 마음으로 산길을 오르도록 가르쳐준다. 무서움을 참고 한번 통과했던 길은 다음번의 발걸음을 조금은 가볍게 해준다. 그러한 생활의 누적이 점차 마음속에 있는 공포심을 없애주었다. 이제 이 숲에서 많은 시간이 흘러 낮이든 밤이든 주변의 상황에 익숙해졌기 때문에 두려움보다는 이곳이 내가 사는 곳이라는 아늑함이 더 크다.

칠흑의 어둠과 고요가 산중 움막을 감싼 밤. 노란 종이 등 불빛
아래 앉아 따듯한 차 한 잔을 마시며 파란 호스로 끌어당긴 계곡물
이 마당 함지박을 넘치는 소리를 듣고 화덕의 양철지붕에 떨어지는
가랑잎 바스락거리는 소리를 듣는 것이 이제 내게는 작은 기쁨이다.

2
어 토 록
사 소 한
즐 거 움

새벽에 깨어나 이불 속에 누운 채로 있다. 한 겹씩 걷혀가는 어둠처럼 잠결이 밀려가고 소리들이 귓가로 밀려온다. 비닐 덮개 위에 보온 덮개를 씌워놓은 움막의 지붕으로 가을비가 요란하지 않은 발자국 소리를 내며 새벽 숲을 건너가고 있다. 뎅그렁 울리는 처마의 풍경소리. 파란 고무호스로 마당에 끌어다 쓰는 계곡물이 함지박을 넘쳐흐르는 소리. 지붕까지 가지를 늘어뜨린 산 벚나무 붉은 잎들이 우수수 흩날리는 소리가 들린다. 알맹이를 모두 뱉어놓은 마당의 늙은 밤나무는 원두막 지붕에도 세 고랑 심어놓은 가을 무밭에도 누렇게 물든 잎사귀들을 흩어 놓는다.

따뜻하게 군불을 지피고 노랗게 침엽이 말라가는 낙엽송과 상수리나무와 굴참나무와 가래나무와 함께 숲을 덮은 어둠 속에서 고요하게 잠들어 있는 시간에 가을 새벽 비는 풀과 나무들의 얼굴에 찬 손을 얹으며 더 먼 시간 속으로 이들을 이끌어 가고 있는 것이다.

나에게서 멀리 있는 것들과 나에게 가까이 있는 것들을 생각해 본다. 나는 먼 숲으로 왔다. 이곳은 사람의 발길이 흔치 않은 곳. 사람들은 내게서 멀리 있고 나무와 바람과 새들과 들꽃은 내게 가까이 있다.

팔베개를 하고 누워 있다 일어나 노란 종이 등이 켜 있는 앉은뱅이책상으로 간다. 계절이 바뀌는 때가 오면 이렇게 가끔씩 잠을 깨는 새벽이 있다. 따뜻한 커피 한 잔을 상에 올려놓는다. 느리게 찻잔을 입으로 가져가는 얼굴이 작은 거울에 비친다. 계절이 지나가는 것은 사람을 아프게 한다. 거울 속 얼굴이 억새처럼 쓸쓸하다.

때로는 나를 아프게 하여 떠나온 사람의 일들과 사람에 대한 그리움으로 아파 견딜 수 없는 날들을 보낼 때도 있는 것이다. 그러나 이제 숲은 나무를 하러 갈 때나 산책을 할 때나 당귀나 더덕을 캐러 산속을 돌아다닐 때 늘 신고 다녀 길들여진 장화처럼 나에게 평온함을 준다. 전나무들의 그늘 아래 자줏빛 꽃잎을 달고 바람에 흔들리는 꽃 향유 군락지를 바라보는 내 눈빛과 색색으로 물든 붉은 잎들이 맑고 깨끗한 계곡을 흐르다 작은 소沼에 한 장씩 겹쳐지며 물 위의 카펫을 깔아놓는 고요를 듣는 내 귀에 기쁨을 느낀다. 조금은 게을러도 나를 굶기지 않는 숲의 나물과 열매와 뿌리들은 내게 있는 시간들을 좀 더 내가 원하는 곳에 쓸 수 있도록 도와준다.

지금 시간을 끌고 가고 있는 지붕의 저 새벽 가을비 소리는 누렇게 그리고 붉게 물든 가을 잎사귀마다 영롱한 이슬을 달아놓고서 빛을 반짝이는 아침 햇살이 오면 흰 구름을 몰고 능선 너머로 사라질 것이다. 하늘은 더욱 파래질 것이고 바람은 더욱 깨끗해질 것이다.

지금은 제집에 잠들어 있는 내 강아지 능선이는 방문을 열고 숲속의 마당으로 나가는 나를 반길 것이고 닭장 울타리를 날아 넘은 세 마리 닭들은 텃밭을 돌아다닐 것이다. 나는 겨울을 준비하는 연장인 톱과 낫과 도끼자루를 손보고 곧 다가올 긴 겨울을 위해 마당에서 장작을 패며 쿵쿵 받침목 소리를 계곡에 울릴 것이다.

지금 곁에 있는 것들을 사랑하고 고마워하는 것이 마음에 자리 잡아 먼 곳에 있는 그리움을 건너게 할 것이다.

말 없는
초겨울
저녁

멍석 대여섯 장을 펼쳐놓은 것만 한 마당에 밤나무 가랑잎이 수북하게 쌓였다. 누룽지 밟는 소리가 나는 이 낙엽의 카펫에서 신나게 노는 개구쟁이들이 생겼다. 이제 한 달 된 두 마리 강아지가 제집 문턱을 넘어 카펫 마당을 기어 다니며 바스락 소리를 낸다. 첫 배를 난 내 강아지 능선이는 엄마 노릇 하느라고 주둥이로 발로 새끼가 멀리 가지 못하게 하느라 바쁘다.

능선마다 노랗고 붉게 타오르던 갈참나무와 산 벚나무 밤나무 가래나무 옻나무 북나무 잎사귀들이 쌀쌀한 바람에 흩날려 반은 떨어지고 반은 남아 마른 손바닥을 오므리고 있다. 계곡에서 파란 고무호스를 타고와 함지박을 흘러넘치는 저녁의 물소리가 서늘하고 쓸쓸하다.

물 한 양동이 떠다 솥에 붓고 아궁이에 군불을 지핀다. 삭정이를 분질러 불쏘시개를 만들고 큰 나무들의 그늘에 가려 말라죽은 잣나무를 토막 내 올려놓는다. 부엌문 밖으로 파문을 지으며 떨어지는 밤나무 잎들이 조금씩 짙어지는 어둠에 잠길 때쯤 아궁이에 활활 타오르는 불꽃은 더욱 붉어진다.

흔들리는 불꽃 그림자가 나무토막 의자에 앉아 부지깽이를 긁적거리는 얼굴에 어룽거린다. 솥뚜껑 틈으로 물방울이 줄을 그으며 흘러내리고 달궈진 솥은 금방 줄을 지워버린다. 맹물 끓는 소리가 무쇠솥에 모래 사각거리는 소리처럼 들린다. 아궁이에 꽉 찬 장작이 어느새 텅 비어 있고 침묵하고 있다는 사실조차 잊어버린 침묵의 시간이 지나갔다. 먼지를 풀풀 날리며 주저앉는 버섯처럼 붉고 환한 잉걸들이 재를 만들며 불씨를 줄여간다.

부지깽이로 잉걸과 재를 긁어 볼록하게 만들고 다시 그것을 파헤쳐 동그랗게 자리를 만들어 고구마를 두 개 묻는다. 부엌문 밖으로 어둠이 왔다. 처마에 달린 알전구에 불을 켠다. 동그랗게 밀려가는 어둠. 장화를 벗어 댓돌에 놓고 방으로 들어온다. 노란 종이 등에 귤빛 고요가 피어난다.

　내가 사는 집은 흙벽돌을 쌓아 만든 집이다. 이곳은 제법 깊은 산중이므로 구들장을 놓고 아궁이에 불을 지펴 보온을 한다. 흙집은 숨을 쉰다고 말을 한다. 별다른 창이 없어도 작은 들창과 문풍지 사이로 스미는 바람만으로 통풍이 되고 또 한여름 말고는 매일 조금씩이라도 아궁이에 불을 지피므로 집이 뽀송하게 말라 아늑하고 푸근한 느낌을 준다. 그러나 장마철에는 사정이 조금 다르다. 지루하게 내리는 비로 숲도 마당도 축축하고 수분을 빨아먹은 벽돌이 눅눅하여 방 안에서 홀아비냄새 나기 딱 좋다. 그렇다고 무슨 찜질방처럼 매일 불을 땔 수는 없는 노릇이고…….

　그래서 여름에는 항상 방문을 열어놓는다. 환기도 시키고 이따금씩 불을 때는 흙방바닥이 눅눅해지지 않도록 하기 위함이다. 그러다가 뱀이라도 들어와 똬리를 틀고 앉아 있으면 어떡하지 하는 불안한 생각에 대나무가지로 촘촘하게 엮은 발로 창호지문 아래를 막아놓는다. 처음에는 그렇게 해놓고도 불안하여 방 안에 들어오면 구석을 살펴보고 담요를 들춰보기도 했다. 그러나 시간이 지나면서 익숙해지고 어떤 때에는 잠깐 방에 들어왔다가 나가면서 발을 치는 것을 잊기도 한다.

문 아래쪽은 그렇다 치고 위로 드나드는 놈들은 막을 수 없다. 나비가 들어왔다 나가기도 하고, 박새나 콩새가 들어왔다 반대쪽 유리창만 들이받으며 뻥 뚫린 출구를 찾지 못해 창틀에 붙어 있을 때도 있다. 그러나 숲에 살면서 이런 정도는 낭만적이지 않는가. 여름철에 흙으로 된 방 안에서 산다는 것은 거의 벌레들과의 동거라 할 수 있다. 방바닥에는 작은 집거미들이 무슨 산책로처럼 이따금씩 돌아다니고 개미나 딱정벌레 나방 그리고 메뚜기 귀뚜라미 베짱이 어쩌다가는 밤나무에 붙어 수액을 빨던 사슴벌레까지도 방바닥을 기웃거리며 기어 다니기도 한다. 그러나 이런 것들을 손바닥으로 때려잡거나 일일이 찾아다니며 몰아내지는 않는다. 모든 벌레들이 사라지기 전에는 이것들을 무슨 수로 막을 수 있겠는가. 그러려니 하고 사는 것이 서로가 편하다.

그런데 이번에는 좀 다른 놈이 들어왔다. 어두워져 방문을 닫고 천장에 붙어 있는 형광등의 늘어진 끈을 잡아당겨 불을 켰는데, 엄청난 말벌 한 마리가 어디에 붙어 있다 윙윙거리는 날갯짓을 시작한 것이다. 이놈은 나에겐 관심도 없다는 듯이 텅텅 형광등만 들이받고 있었지만 나는 엄청 겁을 먹을 수밖에 없었다. 놈이 웬만해야 파리채나 수건이라도 흔들어 내쫓을 텐데 도저히 자신이 없었다. 방 안에 불을 끄고 놈이 나가기만을 기다렸지만 다시 불을 켜면 어디에 붙어 있다 다시 나타나 텅텅거리며 시위를 했다. 몇 번을 반복하다 할 수 없이 방문을 닫고 불을 껐다.

담요를 끌어당겨 얼굴을 덮고 말벌의 지치지 않는 날갯짓을 본다. 저놈이 저러다 지쳐서 잠들어버린 내 얼굴에 떨어지지 않기만을 바랐다.

아, 오늘 밤 내 방 안은 얼마나 큰 꽃 속인가.

　　백일홍 꽃잎 저 혼자 붉게 물드는 가을이다. 꽃밭 속에 기울어진 밤나무 바지랑대 껍데기가 목이버섯처럼 말라 벗겨지고 있다. 사방으로 뻗어갈 곳을 찾던 조롱박 줄기가 바지랑대를 타고 올라가 창고 처마로 이어진 빨랫줄을 은밀하게 감으며 줄지어 앉은 잠자리에게 고리 손을 뻗치고 있다. 하얗게 빤 손수건 같은 박꽃 몇 송이 빨랫줄에 걸려 있다. 구름을 능선 너머로 느리게 몰아가는 가을바람이 줄에 걸린 꽃잎 손수건을 흔든다.

　　텃밭인지 풀밭인지 헷갈리는 가래나무 아래 몇 고랑 심은 도라지꽃이 지고 머리마다 동그랗고 작은 씨를 맺고 있다. 몇 뿌리 캐서 심심파적으로 마당에 앉아 까서 매끄러운 돌멩이로 살살 두들겨 고추장을 발라 구워서 점심이나 먹을까 생각하다가 며칠 전에 쇠스랑을 염소 할아버지 밭에 놓고 온 생각이 났다. 도라지는 한 삼 년 묵으면 뿌리가 제법 깊어 쇠스랑으로 찍어 파야 뿌리가 상하지 않게 캘 수가 있다.

　　계세요! 하기도 전에 몇 대에 걸친 잡종 강아지이며 내 강아지

능선이의 애인인 숫다리 누렁이가 뛰어나와서 반가운 건지 제집 텃
세를 하는 건지 장화 신은 바짓단을 장난 삼아 물며 이리 뛰고 저리
뛰고 재롱을 부린다.

어! 도라지 캐시네. 쇠스랑 가지러 왔는데…… 흙집 뒤꼍 비탈
쪽으로 염소를 막으려고 울타리를 쳐놓은 제법 넓은 텃밭에 심어놓
은 도라지를 캐려고 할아버지는 도라지 대궁을 벼 베듯이 베어놓고
담배를 피우고 계셨다. 조금 도와드리고 도라지를 과분하게 얻어 움
막으로 돌아오며 이곳에 놀러왔던 한 방문자가 떠올랐다. 글 쓰는 것
과 학생들을 가르치는 것을 직업으로 삼은 그이는 잦은 기침을 했다.
먼지 묻은 라면박스에 도라지를 담고 보니 저 혼자 익어 떨어지는 개
복숭아며 조금씩 벌어지는 두어 그루 햇밤이 눈에 들어왔다. 풋고추
가지 호박잎을 조금 따서 박스를 하나 더 만들어 지게에 지고 산길
을 내려간다.

여름비에 불었던 계곡물도 많이 빠져 물빛은 더욱 맑아지고 물
소리도 깨끗하고 다정해졌다. 그런데 사이사이 박혀 있던 징검돌이
더러 물살에 떠내려가 오솔길의 징검다리는 드문드문 틈이 벌어져
있다. 징검다리를 지게 진 채로 건너뛰다 미끄러져 종이박스를 물가
에 처박고 말았다. 까진 정강이를 볼 새도 없이 얼른 건져내서 다시
지게에 싣고 내려와 계곡 위쪽의 절에 계신 공양주 보살님의 차를
얻어 타고 시내 우체국에 도착했다.

먼저 박스 하나를 들어 택배창구 앞에다 놓고 눈인사를 했다.

나머지 박스를 들고 우체국 안으로 들어서는데 물에 젖은 박스가 불어서 그만 밑이 터지고 말았다. 아! 나의 가난한 살림붙이들이 우체국 바닥에 쏟아져 초라한 몰골을 드러내고 말았다. 꼬부라진 가지는 자줏빛으로 얼굴을 붉히고 개복숭아는 떼구르르 굴러가 우편물을 붙이려고 서 있는 몇 명의 손님들 다리 밑으로 흩어졌다.

우체국 택배 박스를 하나 구해서 옮겨 담고 영수증을 받아 돌아서는데 중년의 여인인 담당 직원이 불렀다. 예쁘게 포장한 작은 상자를 봉투에 담아 소리 없이 웃으면서 건네주었다. 산길을 올라오며 포장한 박스를 풀어보았다. 치약 두 개, 비누 세 장, 그리고 작은 샴푸가 가지런히 들어 있는 추석 선물세트였다. 내 쑥스러움을 위로해주려는 따듯한 배려 같아 마음이 아릿했다. 쭉쭉 뻗은 낙엽송을 휘감으며 타고 올라간 담쟁이덩굴의 잎사귀들이 조금씩 붉어지고 있었다.

상대에게 미안해하며 이따금씩 밭은기침을 하던 그이도, 웃으며 작은 선물상자를 내밀던 우체국 직원도, 저 능선과 능선의 고요를 홀로 건너 다시 또 둥글게 부푼 환한 달을 어디선가 보리라.

　팔 년째 사용하고 있는 컴퓨터가 한 대 있다. 처음 산에 들어올 때 인터넷을 사용하는 것은 포기했지만 몇 줄의 글을 쓰거나 가끔 시를 쓸 때 그래도 이 컴퓨터에 워드를 쳐서 프린터로 뽑아 읽어보기라도 하려고 버리지 않고 지게에 걸머지고 들어온 것이다.

　책상 위에 잘 놓여 있는 이 컴퓨터를 보고 인터넷이 되느냐고 물어보았던 친구가 어느 날 다시 방문을 했다. 친구는 어떻게 구했는지 전화선으로 연결하는 모뎀을 가지고 와서 조립을 하고 인터넷을 연결해주었다. 이런 산속에서 인터넷을 사용할 수 있다는 것이 신기하기도 하고 그런 것을 헤아려 배려해주는 친구의 마음이 고마웠다. 이제 메일도 보내고 가끔씩은 문학카페 같은 곳에 들어가볼 수도 있게 되었다. 그런데 이 전화모뎀 방식의 컴퓨터에 대해서 말하자면 초기화면에서 아이디를 입력하고 로그인을 한 다음 부엌에 가서 쌀을 씻어 안치고 다시 오면 화면 밑줄에 아직도 '페이지를 여는 중입니다……!' 뭐 이런 표기가 떠 있기 일쑤다. 그렇지만 별로 급할 것도 없는 생활이라 천천히 기다리며 인터넷을 사용하기도 하는데 장마철에 문제가 생겼다. 폭우를 동반한 천둥 번개에 그만 컴퓨터가 먹통이 되어버린 것이다.

서울에서 차를 가지고 방문한 친구를 앞세워 컴퓨터를 지게에 지고 산길을 내려갔다. 바람이나 쐬자며 친구는 차를 원주 시내로 몰지 않고 치악재 고개를 넘어 신림 제천 방향으로 꺾었다. 한 시간가량 운전하여 제천 시내의 한 컴퓨터가게를 찾았다. 우리와 비슷한 또래로 보이는 사내는 벼락 맞은 컴퓨터의 뚜껑을 열며 내 긴 머리를 힐끗 보더니 "그래 산속에서 무슨 재미로 사세요?" 하며 이것저것 신기한 듯 물었다. 그리 크지 않은 변두리 컴퓨터가게 안에는 얼크러진 전기선들과 부속품 따위로 어수선하게 벌여져 있었다. 사장이며 기술자인 이 중년의 대머리 사내는 수리를 하는 중에 여러 통의 전화를 받기도 했는데 그때마다 "어디라구요? 아! 죄송합니다. 제가 깜박했네요" 소리를 곧잘 했다.

수리하는 동안에 친구와 나가서 모처럼 자장면을 사먹고 돌아오니 뚜껑을 덮어놓은 내 컴퓨터가 테이블에 놓여 있고 사내는 무언가 다른 일을 하고 있었다. 컴퓨터를 들고 나오는데 문을 열어주면서 따라 나온 사내가 웃으면서 하는 말 "산에서 심심할 때 보라고 '야동' 몇 편 올려놨습니다." "아이구, 감사합니다. 뭘 그런 걸 다⋯⋯." 하면서도 마음엔 조급증이 났다. 우리도 웃으면서 인사를 하고 돌아섰다.

다시 지게에 컴퓨터를 걸머지고 어둑해지는 산길을 올라와 우선 연결을 해놓고는 둘이서 웃으면서 "자 그럼 어디 영화감상을 좀 할까?” 하며 친구가 컴퓨터를 뒤지기 시작했다. 이곳저곳을 뒤지던 친구가 “도대체 이 양반 어디다가 올려놓은 거야 이거!” 컴퓨터를 잘 모르는 나도 괜히 옆에 붙어서 “이거 해봐, 저거 해봐” 하면서 은근한 짜증을 참고 있었다.

늦가을 빈 밤송이를 뒤집고 돌아다니는 다람쥐처럼 한참을 더 뒤적거리던 우리는 그만 포기를 하고 컴퓨터를 껐다. 바지 주머니에서 아까 받은 명함을 꺼내 전화를 걸었다.

“저 사장님, ‘영화’를 어디다 올려놓으셨어요?”

사장님 왈,

“왜 없어요? 틀림없이 올려놨는데…… 아! 이런 죄송합니다. 제가 그만 깜박하고 ‘저장’을 안 했네요!”

가을
나그네

밤송이가 까실해진다. 전나무를 기어오른 담쟁이넝쿨의 잎사귀들이 붉어진다. 억새의 칼이 바람에 서걱인다. 쑥부쟁이 꽃잎에 앉아 흔들리는 잠자리. 벌들의 꽁무니에 노랗고 까만 줄무늬가 선명해지고 키 자란 묵뫼의 풀에 씨들이 여문다.

내 움막으로 올라오는 오솔길 옆에 낯선 텐트 하나가 펼쳐져 있다. 휴대용 가스버너와 코펠이 한옆에 놓여 있다. 러닝셔츠와 양말을 빨아 바위에 널어놓고 사람은 어디 갔는지 보이지 않는다. 고적한 산 속의 가을볕 아래 쳐 있는 텐트를 보니 문득 먼 곳으로 가을 여행을 떠나고 싶은 마음이 든다. 어떤 사람일까 호기심이 생겼지만 남의 텐트 앞에서 머뭇거릴 수도 없고 오솔길을 걸어 움막으로 돌아왔다.

감자를 캔 텃밭을 삽으로 뒤집어 흙을 고르고 세 고랑으로 만들었다. 이곳에 무씨를 뿌려야 그 무청을 엮어 시래기를 만들고 긴 겨울밤에 먹을 동치미도 담근다. 밭일을 끝내고 밤나무에 매어놓은 그네에 앉아 있는데 움막 뒤편으로 배낭을 멘 중년의 남자가 내려왔다. "저 아래 텐트 치신 분인가요?" "아 예! 어제 왔습니다." 그는 배낭을 툇마루에 벗어놓으며 좀 쉬다가도 되겠냐고 물었다. 지나가는 등산객이 서너 명씩 무턱대고 들어와 이것저것 묻고는 후다닥 내려가는 것은 별로 달갑지 않지만 가끔은 누구와 한가하게 앉아서 말을 하고 싶을 때도 있다.

사내는 사흘 동안 있을 작정을 하고 텐트를 쳤는데 어제는 건너편 산속을 돌아다니고 오늘은 내 움막 뒤편 계곡을 거슬러 올라가 황벽나무가 있는 곳을 지나 그 너머 능선까지 다녀온 모양이었다. 도시 사람처럼 인상이 깔끔하고 말씨도 단정한데 혼자서 이렇게 깊은 산속을 거침없이 다니는 것을 보니 그 사람의 내면에 대해 약간 호기심이 생기기 시작했다.

커피를 내오자 사내는 왼손으로 잔 밑을 공손하게 받치고는 천천히 마셨다. 젊은 시절 목사가 되려고 신학을 공부하였으나 중도에서 포기하고 지금은 조그만 지물포를 운영한다고 말하며 웃었다. 틈이 나면 이렇게 혼자서 산에 와서 텐트를 치고 이틀이고 사흘이고 골바람 소리와 계곡물 소리를 듣고 들꽃과 잡목림 사이를 홀로 산책하며 돌아다니는 것을 좋아한다고 했다. 그는 약초에 대해서도 많이 알고 있었다. 이 산에는 숲이 우거져 약초가 별로 없다며 손가락만 한 더덕 몇 뿌리와 산당귀 백작약 오가피나무 잔뿌리를 보여주었다. 백작약 뿌리는 나도 처음 보았다. 약초가 목적은 아니고 산속을 혼자 다니다 보면 머리도 맑아지고 평온해진다고 했다.

내려간다며 배낭을 메는 그의 등으로 높은 능선을 넘어가는 노

을빛이 어룽거렸다. 밤에 춥지 않느냐고 물었더니 담요가 있어 괜찮다고 말했다. 펜션이나 콘도 등 여행 방법이 많이 바뀐 요즘 같은 때에 홀로 텐트를 쳐놓고 가을의 고즈넉한 낭만과 쓸쓸함을 즐길 줄 아는 그가 가을 나그네가 아닐까 생각해본다.

나도 오늘 같은 밤에는 가을 나그네가 되어 좁은 텐트 안에서 희미한 램프에 제 그림자를 꼼지락거리며 졸졸거리는 물소리 벌레소리 속에서 잠들고 싶다. 등이 조금 배기겠지만.

마크
라자드

텃밭을 일구며 캐낸 크고 작은 돌들이 무덤처럼 둥그렇게 쌓였다. 별 의미 없이 쓸쓸한 초가을의 허전함을 달래려고 돌을 옮겨 꽃밭 옆에 작은 탑을 쌓기로 했다. 조금 큰 돌은 두 손으로 끌어안아 옮기고 작은 돌들은 삼태기에 담아 옮겼다. 혼자서 감당할 수 있는 무게의 돌만을 가지고 느릿느릿 탑을 쌓았다. 돌을 쌓기도 하고 다시 헐기도 하며 조금씩 켜를 이루며 올라가는 탑을 보니 집중하는 마음도 생기고 재미도 있었다.

그렇게 가을 오후 한때를 보내고 있는데 움막 입구에 세워놓은 현판 아래서 커다란 배낭을 멘 한 사내가 등산용 스틱을 짚고 서서 '몽유거처夢遊去處'라고 어설프게 써놓은 글자를 쳐다보고 있었다. 그가 서 있는 서쪽으로 오후 햇살이 물기 없는 초가을 잎사귀 사이로 길게 뻗쳐 있었다. 내가 쳐다보는 것을 느낀 그가 보랏빛 협죽도 꽃잎이 시드는 움막의 오솔길을 천천히 올라왔다. 유난히 등에 멘 배낭이 커 보이는 그가 가까이 오자 나는 조금 당황했다. 머리를 박박 깎은 파란 눈의 외국인이었다. 네 시가 다 된 이 시간에 외국인 혼자서 인적 없는 이 길을 올라온다면 그는 길을 잘못 든 것이다. 나는 단어 몇 개를 나열하는 영어 실력으로 웃으면서 절을 찾느냐고 물었다. 그도 웃으면서 제가 올라온 능선을 한번 내려다보곤 어깨를 으쓱하며 "디스 이즈 템플!" 하며 나를 쳐다봤다. 커피를 한잔 주랴 하니 그는 고개를 저으며 제 배낭에서 사과를 두 개 꺼냈다. 그는 한국말을 더 듬거리고 나는 영어를 더듬거리며 몇 마디 이어간 결과는 그는 서울 공릉동에 살고 인터내셔널 스쿨의 미술 선생인데 주말이면 지도 한 장 들고 산을 찾아다니고 산속에서 텐트를 치고 잠을 잔다는 것이다. 그는 젊은 날부터 많은 나라를 돌아다녔고 그곳에서도 지금처럼 홀로 산행을 했다고 말했다.

마크 라자드! 58세 프랑스 남자. 그는 처음 그렇게 내 움막을 찾아왔다. 나는 당신이 괜찮다면 주방으로 사용하는 방에서 하룻밤을 묵고 가도 좋다고 했다. 비록 말은 통하지 않지만 혼자서 자유롭게 여행을 하는 그 정신에 호기심이 느껴졌다. 그도 고맙다는 말을 하며 배낭을 풀었다. 나는 마당에 화롯불을 피우고 주워놓은 알밤과 텃밭에서 캔 감자를 석쇠에 올려놓고 구웠다. 그도 자신의 플라스틱 도시락을 꺼내는데 산에서 잠을 자려는 사람의 음식치고는 그 양이나 질이 내 눈에는 우스운 것뿐이었다. 양배추 데친 것하고 마른 김 몇 장 바나나 두 개 그리고 아까 꺼내놓은 사과 두 개가 전부였다. 그나마 내일은 하루 종일 음식을 먹지 않는단다. 그는 군밤을 맛있게 먹고 내가 벗겨놓은 감자의 얇은 껍질을 뭉쳐 소금에 찍어먹었다. 날김은 간장도 없이 그냥 구워 먹었다. 그날 그와 나는 그렇게 화롯가에 쪼그리고 앉아 이상한 저녁을 먹었다. 그는 어두워지기 전에 내 움막에서 내려다보이는 이 골짜기의 풍경을 그림으로 남기고 싶다며 배낭에서 작은 스케치북을 꺼냈다. 그가 그림을 그리는 동안에 나는 양쪽 아궁이에 군불을 지폈다. 연필로 스케치를 하고 물감으로 채색을 한 수채화 한 장이 눈앞에 펼쳐졌다. 아직은 단풍이 들지 않은 초가을 풍경 속에 붉은 잎 몇 장이 선명하게 그려져 있었다. 그가 손가락으로 가리키는 곳에 정말로 이제 막 꼭대기 몇 잎이 붉게 물드는 산 벚나무 한 그루가 서 있었다. 그는 추추추추— 하며 점층적으로 손을 벌려 저 잎들이 물들어 온산이 붉으리라고 설명하고 있었다. 내 마음에도 아릿한 그 무엇이 물들고 있었다. 그는 칼로 오려 그림을 내게 주었다. 내가 늘 바라보는 풍경이 한 장의 그림으로 고정되어 내 방 안의 누런 흙벽에 붙여졌다.

다음날 아침 그와 나는 서로 별말 없이 작은 탑을 마저 쌓았다. 그는 돌멩이를 건네주며 내게 불교신자냐고 물었다. 나는 처음 그가 한 말을 흉내 내며 "디스 이즈 마이 템플!" 하고 웃었다. 작은 돌탑을 둘이서 완성하고 그가 배낭을 메고 떠나갔다.

그리고 추추추추— 하던 그의 모습처럼 붉은 가을이 지나가고 모든 잎사귀들이 떨어지고 온 산에 흰 눈이 덮여 최초로 붉어졌던 그 산 벚나무에 눈꽃이 하얗게 핀 날, 소리 없는 그림자처럼 그가 또 왔다. 우리는 두 마리의 산짐승처럼 고요하고 말 없는 흰 겨울밤을 함께 보냈다. 그는 이제 한국에서 일이 끝나고 뉴욕으로 간다고 했다. 그렇게 말하는 그의 푸른 눈빛이 깊었다. 그는 마지막 선물로 인디언처럼 생긴 내 초상화를 연필로 그려주었다.

가끔 그를 생각한다. 그러면 어떤 때에는 그가 내게로 왔다가 간 것이 아니라 내가 그가 살고 있는 먼 곳에서 이리로 떠나온 것 같은 아련한 마음이 든다. 연락도 없이 다시 가을이 왔다. 오지 않을 것을 알면서도 움막 아래 협죽도 꽃잎이 시드는 오솔길을 내려다본다. 그가 손가락으로 가리키던 산 벚나무 꼭대기 잎사귀가 붉게 물들었다. 침묵하고 있는 저 돌탑처럼 내 마음 한편이 먹먹하다.

삶이여,
흐르다면 모두가 맑을 것이다

버섯
이야기

산에서 사는 사람이라면 당연히 버섯에 대해서 잘 알 것도 같지만 사실 나는 그렇지 못하다. 숲을 돌아다니며 여러 종류의 버섯을 보기는 한다. 그러나 그것이 먹을 수 있는 것인가 그렇지 않은가를 궁금해하기보다는 고요한 침묵 속에서 가랑잎이나 솔가리를 머리로 밀어 올리며 숨소리조차 들리지 않게 불쑥 자라 있는 정적과 마주치는 순간의 짜릿함을 좋아한다. 그 순간 속에는 저 작고 고요한 침묵 속에 들어 있을지 모르는 독성에 대한 서늘함이 포함되어 있는지도 모른다. 가장 낮은 곳에 기둥 하나를 세우고 그렇게 부드러운 재질로 섬세하게 지붕을 만들어 쓰고 있는 버섯을 발견하면 쪼그려 앉아 그 우산 집 아래를 돌아다니는 작은 개미들과 벌레들같이 미세한 것들의 동화 같은 세계를 상상해보며 혼자 픽 웃기도 한다. 아무튼 아주 확실한 몇 가지 외에는 버섯은 나에게 먹을 것이 아니라 홀로 돌아다니는 숲의 정적을 확인해주는 침묵의 징표 같은 것이었다.

그것을 먹어보겠다는 마음만 포기한다면 버섯은 꽤 아름답고 정교한 식물이다. 그러나 사람의 집착과 호기심이 그렇게 단순하겠는

가. 한번은 아랫집 염소 할아버지가 올라오시며 툇마루에 흰 버섯 한 뭉치를 내려놓으신다. "자네 이거 된장국에 넣어 먹으면 차암 맛이 좋아!" 그게 뭔 버섯인데요 하니 땅 느타리버섯이란다. 나도 그것을 가랑잎 쌓인 밤나무나 다래덩굴 아래서 피어난 것을 보기는 했지만 먹을 생각은 해보지 않은 것이었다. 그날 할아버지 말씀대로 참 맛있는 된장국을 끓여먹고 난 다음부터는 그 버섯을 그냥 지나치지 않고 따다가 된장국에도 넣고 끓는 물에 데쳐 초고추장을 찍어 먹었다. 그래도 남는 것은 말려서 보관하기도 했다.

서울에서 한 방문자가 왔을 때 이곳에서 나는 여러 가지 나물이나 채소를 맛있게 먹던 생각이 나서 그에게 버섯을 한 봉지 택배로 부쳐주었다. 가족이 모여 얼마나 맛있게 먹을까 그리고 내게 고마워하겠지 상상하고 있는데 전화가 왔다. "저어, 어머니께서는 걱정할지 모르니 말하지 말라고 했는데요. 그 버섯을 먹고 온 가족이 설사가 나서 병원에 다녀왔어요. 다행히 별 이상은 없다니 너무 걱정하지 말고 그 버섯 먹지 마세요" 하는 것이 아닌가. 그 뒤로 지금까지 그 땅느타리버섯과 나는 서로 소 닭 보듯 하며 지내고 있다.

그렇게 버섯은 내게 먹는 음식이 아니라 관상용 식물이 되었는데 작년 봄에 여주 고향친구인 경표와 승남이가 표고버섯 종균을 구해가지고 왔다. 참나무를 토막 내고 구멍을 뚫어 종균을 넣어 놓으면 몇 년간은 표고버섯을 실컷 먹는다는 것이다. 우리는 마당 앞에 있는 산비탈로 올라가 참나무를 베고 드릴로 구멍을 뚫어 50개 정도의 표고버섯 나무를 만들었다. 가을이 가고 올봄이 되어도 가로 기둥을 만들어 비스듬히 세워놓은 참나무는 아무 소식이 없었다. 뭔가 잘못되었거니 포기하고 있다가 촉촉하게 가을비가 내리고 난 며칠 후에 지게를 지고 나무를 하러 비탈을 올라가다 표고버섯 나무 둥치들을 본 그 짧은 순간의 감동을 어떻게 말할까. 비스듬히 기대놓은 나무 둥치들 여기저기에서 탁구공만 한 머리를 내민 표고버섯들이 불쑥불쑥 달려 있었다. 그 고요한 정적과 침묵의 시간 속에서 어느 날 문득 세상에 머리를 내밀고 있는 것들에게 눈길이 닿는 순간 지게를 팽개치고 달려갔다. 나무껍질 냄새와 생명을 머금은 흙냄새 같은 것이 뒤섞여 있는 애기버섯 냄새를 맡으며 웃고 떠들며 참나무를 베고 드릴로 구멍을 뚫던 우리들의 모습이 머릿속을 스쳐갔다. 이 향기로운 표고버섯을 날것으로 참기름소금에 찍어먹으며 이제 나는 또 하나의 자급자족의 방법을 알게 되었다는 기쁨이 뿌듯한 자부심을 주었다. 이렇게 내 숲속 움막의 닭장 양철지붕은 표고버섯을 말리는 가을의 풍경 하나를 추가하게 되었다.

가랑잎
도시락

한 잎 두 잎씩 물들어가던 가을 잎사귀들. 어느새 온 산에 번져 첩첩한 이 산중이 온통 누렇고 붉게 물들었다. 가을 잎들은 서로 겹쳐 있어도 고독한 개체로 떨어져 보인다. 바바리코트를 입고 서성이는 남자들과 너무 붉어서 슬픈 루주를 바른 중년의 여인들이 서성이는 가을 산에 바람이 분다. 고독한 남자가 허물어지듯 가랑잎들이 사선으로 흩날리고 나무는 서서 제 뼈를 한 뼘 드러낸다. 흔들리는 붉은 단풍은 제 팔로 가슴을 감싸듯 시린 몸을 오므린다. 차갑게 흘러가는 계곡의 물줄기. 모든 것은 흘러가는 것이라며 자신도 모르는 길을 간다. 남아 있다는 것이 왜 이리 허전한 가을인가.

비탈에서 흩날려 지붕으로 떨어졌다 다시 바람에 밀려 마당에 뒹구는 밤나무 잎사귀들을 빗자루로 몇 번 쓸다 그대로 둔다. 부엌방으로 들어가 밥솥 뚜껑을 연다. 먹다 남은 밥을 퍼 플라스틱 통에 담고 김치와 멸치 그리고 김 몇 장을 싸서 도시락을 챙긴다. 마당을 서성이던 강아지 둥둥이가 어디를 가느냐고 꼬리 치며 눈치를 보다 제멋대로 앞장서 아래로 뛰어간다. 내가 움막 뒤편의 능선으로 올라가자 허겁지겁 쫓아와 다시 앞장선다. "소풍가는 거여!" 개에게 중얼거리듯 혼자 지껄이자 기특한 생각을 다 했다고 신나서 가다 서다 하며 앞장서 간다. 사람이 없는 곳에서 떠나 사람이 없는 곳으로 강아지와 가는 가을 소풍. 목적지도 없고 급할 것도 없이 천천히 능선을 따라 산을 올라간다. 이따금 사람의 길 같은 산짐승의 길이 어딘지 모를 곳으로 이어져 있고 일찍 이파리가 다 떨어진 북나무나 개옻나무들의 맨 가지 사이로 언뜻 터진 파란 하늘이 보인다. 굴참나무 오리나무 상수리나무 산 벚나무 아래는 작년에 쌓인 잎 위로 새 잎이 또 떨어져 한 걸음 옮기는 발길마다 바스락거린다. 낙엽 밟는 소리가 더 깊은 고요를 일깨워주는 산길을 오르고 능선이 끝나면 새롭게 이어지는 능선을 올라 좀 더 높은 곳으로 천천히 별 생각 없이 간다.

낭떠러지로 이어진 바위틈에 뿌리를 박고 세월을 견딘 노송나무 아래 바위에 앉아 강아지에게 손바닥에 쏟은 물을 먹이고 나도 목을 축인다. 첩첩한 능선마다 장롱에 개어둔 가을 옷을 꺼내 입은 나무들이 홀로 서서 계곡을 지나가는 바람소리를 듣는다. 가장 높은 바위에 서서 사방을 둘러본다. 저 먼 시야의 끝으로 아파트가 빼곡하게 들어선 원주 시내가 신기루처럼 보인다. 문득 사람이 사는 마을이 그립다. 그리움이 있는 것은 그곳에 추억이 있기 때문이다.

먼 시내가 보이는 바위에서 도시락을 꺼낸다. 배가 고파서 먹는 것이 아니라 소풍을 온 것이기 때문에 도시락을 먹는다. 마른 잎사귀들이 화르르 낭떠러지로 흩날린다. 흰 밥 위로 붉게 물든 가랑잎이 떨어진다. 내게 무슨 말을 전하는 편지인가.

추석이 다가온다. 나는 이것을 달력의 날짜보다는 홀로 중천을 넘어가는 저 고요한 달의 얼굴을 보고 느낀다.

초저녁 군불을 지피고 어둑해진 부엌문을 열고 나오면 동생 손을 잡고 문 밖을 서성이는 언니 같은 초승달이 개밥바라기별을 데리고 서편 하늘에 서성인다. 산속의 밤은 금방 깊어지고 초승달은 사라진다. 그러면 호롱불 켜지듯 별이 뜨고 밤은 더욱 고요해진다. 이 달이 아이처럼 자라 온 하늘을 밀고 가는 보름달이 되면 추석이다.

이맘때면 인적 드문 이 숲으로 이따금 방문자들이 찾아온다. 그들은 이 골짜기에서 화전을 일구다 돌아간 그들의 조상들을 찾아 벌초를 하러 오는 것이다. 내 움막의 뒤편 능선으로도 몇 기의 낮은 무덤이 있다. 어떤 무덤은 이미 늙은 노인이 찾아와 벌초를 하고, 어떤 무덤은 그들의 손자나 손자의 자손들이 찾아와 벌초를 한다. 그렇게 일 년에 한 번쯤 그들을 보면 또 한 해의 가을이 가는 것이다.

산딸기 덤불이 무성한 내 움막 입구의 무덤 하나도 벌초를 했다. 한 해 동안 무성하게 자란 잡초들이 베어지고 나지막한 봉분이 환하게 드러났다. 죽음도 저렇게 한 번은 찾아주는 이가 있어야 평화롭다.

　닭을 키우지 않는 닭장 울타리 안에 쇠뜨기 비름나물 여뀌 닭의장풀이 우거졌다. 키가 큰 달맞이꽃도 우뚝우뚝 솟아 머리에 노란 꽃잎을 달고 있다. 저 울타리 안쪽 비탈에 구덩이도 깊게 파지 않고 몇 삽 흙을 퍼 올린 작은 봉분 두 개가 있다. 여름에 안산에 살고 있는 분이 잘 키워보라며 백 일 정도 된 셰퍼드 한 쌍을 선물해주었다. 제법 넓은 닭장을 개집 삼아 보름 정도 키웠는데 한 나절 간격으로 두 마리 모두 죽었다. 밤에 멀쩡한 강아지가 아침에 죽고, 아침에 멀쩡한 강아지가 낮에 죽었다. 움막을 오며 가며 힐끗 보던 그 두 개의 개 무덤 위에도 붉은 여뀌풀이 뒤덮여 있다.

　낮에 낫을 들고 풀을 베어줄까 하다가 그냥 돌아왔다. 작은 의미들에 너무 집착을 하면 그것 또한 굴레가 되어 내 마음을 괴롭힐 것이다. 그래도 오늘 밤은 자꾸만 붉은 여뀌풀을 덮어쓰고 있는 두 개의 강아지 무덤이 머릿속에 떠오른다. 책임지지 못하는 것들에게 굴레를 씌우고 가둬둔 미안한 마음이 든다.

누구든지 어느 정도의 나이가 되면 자연으로 돌아가고픈 생각을 한다. 계곡에 맑은 물이 흐르고 포장되지 않은 자갈길 옆으로 들꽃이 흔들리는 길을 따라 드문드문 서 있는 몇 채의 집을 지나 그 길의 맨 끝에 아담하게 자리 잡은 자신만의 그림 같은 보금자리를 꿈꿔보기도 한다.

진우 형은 내 움막에서 4킬로미터 정도 떨어진 계곡 입구 마을에 산다. 마을이라고는 하지만 계곡을 끼고 올라오면 여름 한철에 닭백숙이나 매운탕을 파는 장사집이 서너 군데 있고 공원이 시작되는 입구의 산비탈에 옹기종기 모여 있는 여섯 가구가 전부인 동네다. 국내 굴지의 자동차회사에 중견 간부로 있는 형은 동료들이 좀 더 큰 아파트를 장만하거나 다른 방법으로 삶의 기반을 다져가는 때에 이곳 산비탈에 작은 땅을 구입하고 쉬는 날이면 이곳에 출근하여 땅을 다지고 축대를 쌓는 등 삼 년이라는 긴 시간을 정성들여 아담하고 예쁜 집을 지었다.

마음속으로 꿈꾸는 것은 그렇게 어려운 일이 아니지만 그 꿈을 실행하기 위해 현실의 생활방식을 바꾸는 일은 그리 쉽지 않은데, 형은 그것을 실천에 옮긴 사람이다. 어떤 때에는 자기가 집을 짓는 동안 아파트를 큰 평수로 옮긴 친구들은 집값이 몇 배로 올랐다고 우스갯소리를 하기도 하는 그이지만, 그렇게 말하는 그의 다른 편에는 자부심과 긍지가 있다. 형수님은 정원을 아름답게 가꾸어 스스로 그 아늑하고 평화로운 정원의 공주로 자신을 만들었다.

휴일이면 형수님과 귀여운 딸 모니카는 시내의 성당으로 미사를 드리러 가고 형은 집 앞 개울을 건너 치악산 등산로를 따라 산행을 한다. 구불구불한 산길을 한 시간 정도 올라가면 조그만 암자인 영원사가 나오는데 형은 그쯤에서 돌아내려오다 다시 산길로 접어들어 능선 두어 개의 건너편에 있는 내 움막으로 올라온다. 작은 배낭을 마루에 벗어놓고 이마에 송글송글한 땀방울을 손으로 훔치며 흐르는 시원한 계곡물을 한 바가지 떠 마시고 돌 위에 놓인 세숫대야를 달그락거리며 얼굴을 씻는다. 수건을 건네며 형의 얼굴을 보면 나도 또 한주일이 지나갔음을 안다. 형은 배낭을 뒤적이며 조그만 병에 담은 물김치를 꺼내놓기도 하고 비닐봉투에 든 믹스커피를 내놓기도 한다. 잠깐 담소 시간을 나눈 형은 내려가는 길에 붓꽃이나 매발톱, 좀쥐오줌풀, 은방울꽃, 범의꼬리 같은 야생화의 뿌리를 조금씩 캐다가 정원에 심는데 지금은 종류가 많고 온갖 꽃들이 아름다운 이 야생화의 정원을 구경하러 집을 방문하는 사람들도 있다. 그런데 대부분의 방문자들은 이 아름다운 정원의 장미와 들꽃을 감상하고 나면

"그런데 이 집이 얼마죠?" 하고 묻는다. 더러는 자신의 경제적인 여력을 과시하며 "얼마면 내게 파시겠소?" 하는 사람도 있다. 그러면 형은 웃으며 "이거 비싸요!" 한다.

붓꽃 한 뿌리를 정성스럽게 심고 개울에서 조그만 돌을 골라 한 장 한 장 낮은 담을 쌓아올리고 황토 흙 한 줌을 물에 개어 금간 벽 틈을 메우는 따뜻한 손. 그 값을 무엇으로 매겨야 하는지 나는 알 수가 없다. 작은 잔디밭 귀퉁이에 숫은 제비꽃을 보고 키를 낮추어 앉아 꽃잎을 쓰다듬으며 자신이 그 정원의 한 풍경이 되는 자가 그 정원의 주인이 아닐까 생각해본다.

봉숭아꽃
필 때

　한 고랑에 열 모종씩 세 고랑을 심어놓은 고추밭에 풀을 뽑고 있는데 염소 할아버지네 강아지가 불쑥 마당으로 올라와 우리 강아지와 장난을 치고 있다. 마치 할아버지의 지팡이처럼 항상 할아버지와 함께인 녀석의 이름은 누렁이인데 녀석은 우리 강아지 능선이의 아버지이기도 하다. 녀석은 제 새끼가 500미터 떨어진 윗집에 살아도 좀처럼 올라오는 법이 없다. 조금 있으니 "뭐 하나?" 하면서 할아버지가 올라오시는데 웬 라면박스 하나를 마루에 내려놓으신다. 장갑을 벗어 말뚝에 걸쳐놓고 손을 털고 마당으로 내려오니 할아버지는 까만 비닐봉투에서 빵 두 개와 두유 한 개를 건네주신다. 영원사 스님 차를 얻어 타고 원주시내에 갔다가 오는 길에 비료 한 포대를 사오셨단다. 관리사무소에 들렀더니 자네에게 택배가 와 있기에 지게에 지고 왔네 하시면서 라면박스를 가리키신다. "무거울 텐데 뭐 하러 그러셨어요" 하면서 주소를 힐끗 보며 박스를 살짝 들어보니 부피보다는 가벼웠다. "열매 먹는 곡식은 그래도 비료를 좀 줘야지!" 혼잣말하듯 하시며 내려가시고 나는 라면박스에 적혀 있는 택배 발신자의 주소

를 확인했다.

'경기도 안산시 상록구…… 정○○.' 알 수 없는 이름이다. 오래도록 만나지 못했거나 혹시 잠시 만났다 헤어진 사람들의 이름을 더듬어 봐도 이 이름으로 떠올릴 수 있는 얼굴은 생각나지 않았다. 박스 안에는 초코파이, 커피믹스, 구운 김, 통조림 몇 개가 들어 있다. 그리고 풀칠을 해서 닫아놓은 분홍색 편지가 한 통 있다.

'……저는 복잡한 도시의 일상에 젖어 사는 평범한 가정주부입니다……집에서 가까운 시립도서관을 자주 가는데 그곳에서 숲속 생활을 이야기한 선생님 책을 읽었습니다. 언제 제 남편과 함께 한번 놀러가서 마당의 그네도 타고 지붕에 올라가 커피도 마시고 싶어요……혹 방해가 안 될는지요?'

……우선 선생님이라는 말에 혼자도 얼굴이 빨개졌다. 계곡물 받아먹고 나무하고 벌 키우고 몇 평 텃밭을 일구며 살아가는 이 생활도 어느 누구에게는 막연한 호기심이나 동경의 모습이 될 수 있다는 것에 쑥스러운 웃음이 나왔다.

나는 과연 평화로운가. 그리고 행복한가? 툇마루에 앉아 먼 능선을 보며 잠시 생각해본다. 그것이 기쁨이나 행복 아니면 불행이나 괴로움의 상태일지라도 한 가지의 감정만 오래도록 지속되는 경우는 없을 것이다. 나에게 작은 선물을 보낸 이분은 도시 속에 살고 있지만 마음속에는 푸른 숲과 맑은 냇물 그리고 아름다운 꽃밭을 가꾸며 사는 사람이리라. 어떤 이는 눈으로 보는 것을 어떤 이는 마음으로 보는 것이다.

　먼 곳에서 문득 날아온 연분홍빛 편지 한 장. 그 빛깔의 봉숭아 꽃잎이 지금 비탈진 꽃밭 햇볕 아래 고요하다. 나의 이 삶의 방식이 누군가에게 작은 위로가 된다면 또한 그것은 내 고독에 대한 위로가 되지 않겠는가. 초코파이를 한 입 베어 먹으며 고추밭 말뚝에 걸쳐놓은 장갑을 낀다.

겨울 산
황토 무덤

오후 네 시의 겨울 하늘이 희부옇게 잠겼다. 잎사귀를 떨군 나무들이 허공의 회색 도화지에 날카로운 수묵화를 친 듯 고요하다. 아직 능선으로 넘어가지 않은 해는 낮달처럼 희미하다. 눈이든 비든 이 적막한 풍경에 곧 무엇 하나가 보태질 것 같은 날씨다. 장작을 패던 도끼를 거두어 벽에 기대 놓고 나무를 부엌으로 옮긴다. 하늘에서 무엇이 내려오는 것보다 먼저 굴뚝의 연기가 겨울 숲으로 퍼지며 허공으로 흩어진다.

타닥타닥 타들어가는 아궁이 불꽃의 침묵을 깨며 전화벨이 울린다.

"어, 형 웬일이세요?"

"별일 없지?"

성옥이 형은 그렇게 물었지만 사실은 그에게 일이 있는 것이었다. 형은 원주에서 택시 운전을 한다. 얼마 전에 개인택시가 나왔다고 좋아하더니 이번에는 큰 슬픔을 당했다. 편찮으셔서 인천 막내 여동생 집에 계시던 어머니께서 돌아가신 것이다.

"아버지와 합장할 건데 내일이 발인이니 우리 움막에 불 좀 때
줘!"

내 아궁이에 불을 단속하고 500미터 아래 있는 형의 움막으로
내려갔다. 여름철에는 가끔 들르지만 겨울철에는 딱히 할 일도 없어
거의 비워두는 움막은 낡은 당집처럼 차갑고 적막했다. 마당에 서 있
는 큰 오동나무 아래는 비에 젖어 들뜬 사각 탁자가 놓여 있고, 흩어
져 있는 파란색 플라스틱 의자들은 여기저기 쓰러져 있거나 흙먼지
를 뒤집어쓰고 있다. 철판을 오려 만든 고기 굽는 통에는 녹슨 철망
이 얹혀 있고 타다만 나무 쪼가리들이 재 속에 박혀 있다. 웃고 떠들
며 노래 부르던 지난여름 모습들이 먼 기억처럼 아득하게 느껴진다.
추억의 흔적을 보는 것은 때로 이렇게 쓸쓸한 것이다. 선반 사료 통
아래 놓아둔 열쇠를 꺼내 방문을 여니 벽을 뚫고 들어온 쥐들이 빈
방에 흔적을 남겼다. 가마솥에 물을 붓고 장작을 지폈다. 어스름에
잠기는 숲에 싸락눈이 싸르락 소리를 내며 땅으로 떨어진 낙엽 위로
튕겨져 내렸다.

아침 방문을 여니 싸락눈은 마당을 다 덮지 못하고 그쳐 있다.
아침 공기는 차게 식어 담배 연기 같은 입김이 흩어졌다. 형과 가족
들은 일찍 산으로 올라왔다. 산역할 인부들은 상여도 없는 관을 들
고 산길 2킬로미터를 걸어 아버지 무덤 옆에 어머니를 내려놓았다.
장례집도를 위해 막내 여동생이 다니는 교회에서 목사님과 신도들
이 오고 먼 곳을 마다 않고 장지까지 찾아온 가족의 지인들로 인적

없던 숲이 술렁거렸다. 두어 군데 피워놓은 화톳불 곁으로 사람들이 모여 콧김을 내뿜으며 차게 식은 몇 종류의 전과 새우젓을 찍은 편육으로 아침 소주를 마시고 있다. 플라스틱 그릇에 담긴 빨간 육개장이 내 앞으로 왔다. 나도 내 어머니의 영정 사진을 앞에 놓고 입술을 붉게 칠해가며 빨간 국물을 목구멍으로 넘긴 적이 있다. 그때 내 모습은 스스로 찍은 비애의 사진 한 장으로 남아 모든 상갓집 육개장 그릇 속에 떠 있다. 육개장을 밀어놓고 차가운 소주를 입안에 털어넣었다.

성옥이 형 아버지의 봉분이 헐리고 그 어머니의 누울 자리가 파여지고 있다. 슬픔은 있으되 통곡과 눈물은 없이 한 주검이 흰 광목천을 늘이며 천천히 땅 속으로 내려가고 있다. 늙은 인부들의 달구질 소리가 이명처럼 몽롱하게 들리고 각자 생의 무게를 한 번쯤 달아보는 이들의 입김이 찬 하늘에 뿌려졌다. 사람들이 모두 돌아가고 파란 망으로 짐승을 막기 위한 울타리를 친 붉은 황토 봉분 하나가 겨울 산의 첫 어둠을 맞는다.

박새 알
네 개

부드러운 5월의 바람이 숲을 흔들고 지나간다. 연초록 잎사귀를 무럭무럭 키워가는 나무들이 가지를 흔들어 손짓을 하고 개망촛대 빼곡한 산비탈 묵정밭 푸른 풀은 호수 위 일렁이는 잔주름처럼 간지럼을 타듯 일으키며 흔들린다. 부리에 집 지을 검불을 물고 이쪽저쪽으로 분주히 날아다니는 새들의 겨드랑이에도 오월의 바람이 스쳐 날갯짓이 가볍다. 바람만 마셔도 피가 맑아질 것 같은 한낮이다. 사용하지 않는 벌통을 헐어 새의 집을 짓는다.

처음 이 숲에 와서 새집을 몇 개 만들어 텃밭 둑 개복숭아나무와 마당의 밤나무에 걸어놓았다. 별 생각 없이 걸어놓은 새집에 새들이 들어와 알을 낳고 새끼를 쳐 나가는 것을 보고 기쁘고 신기하여 다음 해에는 몇 개를 더 만들어 산뽕나무에도 걸어놓고 가래나무에도 걸어놓았다. 어떤 집에는 다람쥐가 들어와 새끼를 낳기도 하고 너무 높은 곳에 매달아 놓은 집에는 아무도 들어오지 않기도 한다. 용감한 개똥쥐빠귀 부부는 툇마루 안쪽 흙벽에 장식처럼 걸어놓은 새집에 둥지를 틀고 신접살림을 하기도 한다. 이 새들은 내가 툇마루에 앉아 밥을 먹거나 멍하니 초록으로 물드는 능선을 바라보고 있을 때에도 살짝살짝 눈치를 보며 등 뒤로 날아와 얼른 새끼에게 먹이를 주고 포르륵 날아간다. 그럴 땐 나도 모르는 척하고 있다가 어미가 날아가면 살며시 새집 구멍에 얼굴을 대고 솜털이 보송한 새끼들을 구경하기도 한다. 그러면 눈 뜨기 전의 새끼들은 제 어미인 줄 알고 입을 쫙 벌리고 힘껏 목을 늘려 머리를 치켜드는데 이놈들이 눈을 뜨고 조금 자라면 어찌 아는지 발소리만 들려도 찍소리 않고 몸을 숨긴다. 이렇게 새끼와 장난을 치면 벌레를 입에 물고 밤나무가지에서 망을 보던 어미가 안절부절못하는 것도 재미있어서 가끔 개똥지빠귀 가족과 장난을 치기도 한다.

지금 새집을 짓고 있는 것은 여름에 비 맞고 겨울에 눈 맞아 삭아버린 새집을 교체해주기 위해서이기도 하지만 며칠 전에 보았던 박새 알 네 개 때문이기도 하다. 뒤곁 지붕 처마 끝에는 물받이 홈통을 연결해 놓았는데 가을이면 지붕에 떨어진 낙엽이나 잔가지들이 쌓여 물 흐름을 막는다. 그래서 한 번씩은 사다리를 타고 올라가 그것을 파내는데 올해는 그 홈통에 박새가 집을 지었다. 가랑잎이 수북이 쌓인 한 곳을 골라 정성들여 집을 짓고 사기구슬에 잿빛 점을 찍어 놓은 것 같은 알을 네 개나 낳아 놓았다. 청소가 별로 급한 것도 아니어서 그냥 내려왔는데 그 뒤로 새알이 궁금해서 들락날락하였다. 오늘은 혹시 알에서 깨어난 새빨간 벌거숭이 새끼들이 꼼지락거리고 있지 않을까 싶어 가보면 알은 여전히 고요하게 침묵하고 있었다. 혹시 어미가 제집을 들켜 알을 포기하지 않았을까 멀리 떨어져 지켜보면 이따금 어미가 드나들었다.

그러던 중에 제법 많은 봄비가 내렸다. 부슬부슬 내리는 봄비였지만 하루에 그치질 않고 사흘을 줄곧 내렸다. 비가 그치고 마당에 낙숫물이 줄줄 흘러내는 아침, 얼른 뒤꼍으로 가 새집을 확인하였다. 새집에 물이 차올라 박새 알 네 개는 물에 잠겨 있었다. 그 뒤로 어미는 보이지 않았다. 알을 하나 꺼내 깨어보니 붉은 피가 엉겨 있었다.

그 어미 새가 다음에 집을 지을 땐 숲속의 아늑하고 은밀한 나뭇가지에 집을 짓기를. 그렇게 하지 않겠다면 차라리 벌통을 헐어 만들어 놓은 이 새집에 둥지를 틀기를.

제일 먼저 지은 새집 하나를 뒤꼍 새집이 내려다보이는 굴참나무 가지에 걸어놓는다.

질아치골은 능선과 능선 사이의 골짜기 경사가 완만하면서도 깊다. 긴 강의 발원지처럼 산정까지 이어진 계곡은 한겨울에도 마르지 않는 물이 흐르고 그 물에 노래를 만들어주는 멋진 바위들이 소리를 변주하는 음표처럼 박혀 있다. 긴 허리 잠시 쉬어가라고 군데군데 파여 있는 물웅덩이에는 산 메기와 버들치와 가재들이 단풍나무 그림자를 정원수로 들여 보금자리를 틀고 있다.

70년대까지도 많은 가구의 화전민들이 이 질아치골에 귀틀집이나 흙집을 짓고 산비탈에 옥수수나 수수 조 콩 같은 것을 뿌리며 살았다고 한다. 그러나 세월이 좋아지고 또 치악산이 국립공원이 되면서 모두 떠나고 그들이 남기고 간 빈 집들은 비바람에 무너지고 개망초와 다래덩굴과 잡목이 그 흔적들을 덮어갔다. 그런 중에도 아직까지 허물어지지 않고 주름 깊은 노인처럼 이 골짜기의 내력을 담고 있는 흙집이 네 채가 남아 있다. 내 움막은 그중 맨 꼭대기에 있다.

영원사에서 내려오는 물줄기와 질아치에서 내려가는 물줄기가 합쳐지는 삼각지 구릉에 아늑하게 자리 잡은 첫 집은 돌로 벽을 쌓고 함석으로 지붕을 했다. 집의 임자는 있지만 사람이 살지 않아 마당에는 망초가 우거지고 뒤꼍에는 산딸기덤불이 벽 밑까지 뿌리를 뻗어 내려와 대낮에 지나가기에도 으슥한 기분이 느껴진다. 그러나 모든 잡초에도 꽃이 피는 시절이 있다. 우거진 망초에 계란을 잘라놓은 것 같은 꽃들이 피어날 때 애기똥풀도 노란 꽃핀을 머리에 달고 산딸기 덤불숲에도 흰 꽃이 피어 수많은 벌들이 윙윙거리면 고요하고 은밀한 '폐허의 정원' 같은 비밀스런 매력이 사람을 끌어 가끔 지나가는 길에 그 집 툇마루에 앉아 한낮의 정적을 즐긴다.

한동안 움막에만 박혀 있다 못과 톱을 사러 시내에 가려고 계곡을 내려가니 그 집에 울타리가 쳐져 있는 게 아닌가. 그가 누구인지 사람도 보지 않고 은근히 짜증이 났다. 마지막 개울을 건널 때 그 집 마당을 가로질러 가면 조금 얕고 폭이 좁은 곳으로 건널 수 있기에 염소네 할아버지와 나는 그곳에 돌다리를 놓고 잡초 우거진 마당을 오솔길인 양 다녔다. 어차피 길 없는 길 조금 돌아가면 그만인 것이고 사람 보기 싫다고 제집 제가 울타리를 치는데 무슨 상관이랴 싶어 울타리 안에서 망치질 소리가 들려도 모르는 척 지나쳤지만, 뭔가 섭섭하기도 하고 얄미운 생각도 들었다. 염소네 할아버지에게 들으니 중년의 남자가 혼자 들어와 산다고 했다. "혼자 사는데 뭔 울타리가 필요하데요?" 은근히 뒤틀린 말을 했다. 얼마 지나지 않아 물가에서 모래를 퍼 나르는 그 남자를 만났다. 나보다는 몇 살 연배로 보였다. 서로 수인사를 하고 몇 마디 주고받다 올라오며 농담 섞어 마음속에 있던 한마디를 하고 말았다. "울타리를 없애면 이 산이 모두 내 건데 뭣 하러 울타리를 쳐요?" 그렇게 말을 뱉어놓고는 괜한 말을 했다 싶어 금방 후회했다.

갑자기 비가 쏟아져 물이 불었다. 물이 줄면 가라고 만류했지만 연락 없이 방문했던 친구는 일이 있어 안 된다고 굳이 길을 나섰다. 계곡 양편으로 쳐놓은 밧줄을 잡고 허벅지를 휘감는 급류를 건너 친구를 보냈다. 비 끝에 바람이 불고 날씨가 스산했다. 울타리 사이로 돌집을 슬쩍 훔쳐보니 사내가 툇마루에 내놓은 의자에 혼자 앉아 무연히 먼 산을 보고 있었다. "계세요!" 나도 모르게 소리를 질렀다. 남자가 벌떡 일어나 손을 흔들며 달려와 쪽문을 열었다. 개울을 건널 엄두도 못 내고 이렇게 혼자 있으니 그 적막감을 견디기 힘들었다며 사내는 초보 산 생활의 심경을 말했다. 휴대용 가스레인지 위에 얇은 돌판을 얹어놓고 사내는 혼자서 삼겹살을 굽고 있었다. 반 병 남짓한 소주병을 기울여 내게 한 잔 권했다. 그날 우리는 많은 이야기를 했다. 처음에 선생님이라 부르니 사내는 형이라고 불러주면 좋겠다고 했다.

형님은 서울에 가족이 있다. 이 집 주인과는 몇 십 년을 형제처럼 지냈는데 집이 너무 폐허처럼 되었으니 좀 가꿔달라는 부탁으로 이곳에 왔단다. 처음에는 밤만 되면 너무 무서워 시내의 여관에서 자고 아침이면 다시 와서 풀도 베고 잡초도 뽑고 가꾸면서 조금씩 안정이 되었단다. 그래서 이제는 이런 적막한 곳에 사는 사람의 마음을 조금은 알 것 같다고 했다. 형님은 내가 지나는 말로 했던 울타리 얘기를 꺼내며 그것도 사실은 산짐승이나 낯선 사람이 밤에라도 불쑥 들어올 것 같아서 그랬다며 웃었다. 우리가 이제 이웃이니 지나갈 때 꼭 들르라며 문밖까지 나오는 형님을 뒤로하고 랜턴을 얻어 어느새 깜깜해진 산길을 올라오며 생각했다.

사람은 얼마나 자기 편한 대로만 생각하는가. 나도 처음 산 생활을 시작했을 땐 형님 못지않게 두렵고 먹먹하고 막연하지 않았던가. 그 형님이 단순한 생각으로 쳐놓은 울타리를 나는 내 방식으로만 생각하고 결론을 내렸으니 아직도 내 마음의 울타리가 두텁다. 인디언 속담 중에서 이런 것을 읽은 적이 있다. "누구든지 판단하려는 다른 사람의 모카신을 신고 두 달 동안 걸어보지 않고서는 그를 판단하지 말라."

밤의
산책자들

달도 별도 없는 검은 밤이 숲을 감싼다. 고요하고 차고 적막한 산속의 밤. 움막에 켜놓은 알전구 한 알의 빛은 거대한 어둠 한가운데 떠 있는 진공의 발광체 속에 나 홀로 숨 쉬고 있는 것 같은 은밀함과 평온을 준다. 심해에 잠겨 있는 잠수함의 동그란 유리창처럼 안과 밖의 세계를 차단해주는 것이다. 이 등 하나를 끄면 문풍지 틈으로 어둠이 스며들어 지상의 모든 빛이 사라진다.

그 어둠 속에 흰 눈 내린다. 눈은 최초의 바닥에 닿고 오므린 가랑잎의 손바닥을 채우고 메마른 뿌리를 쥐고 있는 풀들을 덮고 나무를 덮고 지붕을 덮는다. 어둠을 깨우지 않고 어둠을 방해하지 않으며 제 몸에 간직한 스스로의 빛으로 길을 더듬어 밤새도록 내린다. 눈은 작은 풀잎 하나의 곡선도 건드리지 않으며 침묵하는 밤의 풍경을 채색한다. 이사를 가는 벌 떼처럼, 찬물에서 발목을 빼고 일제히 날아오르는 가창오리 떼의 군무처럼, 강을 건너는 누 떼처럼 모두 하나의 개체이면서 개체가 없는 저 묵묵한 풍경의 이동.

밤눈이 소리 없이 오래 내린다. 누워 있는 내 몸에서 모든 정신

이 빠져나간다. 슬픔도 욕망도 회한도 어둠 속에 젖어드는 검은 눈송이처럼 무게를 잃어버린다. 나 오래 전에 누구의 자식이었으며 누구의 친구였으며 누구의 연인이었다. 내 무게를 감당하지 못하여 훼손시켜버린 그들의 상처 위에 밤눈 내린다. 시들은 모든 목숨에 몸을 얹어 흰 꽃을 만드는 밤의 산책자들이 하늘에서 내려온다.

낡은
수첩

저녁 군불을 때고 가마솥에 끓는 물을 퍼다 오랜만에 몸을 씻었다. 개운해진 마음으로 뜨끈한 아랫목에서 초저녁잠이 들었다. 작게 켜놓은 라디오 소리를 놓치고 제법 깊게 잠들었는데 전화벨이 울렸다. "형 뭐해요?" "응 자다 깼어!" 비록 자다가 깬 정신이지만 그의 목소리는 금방 알아들을 수가 있다. 그는 서울에 살고 있는 시인이다. 이렇듯 뜬금없이 가끔 전화를 해서 눈이 왔는지 땔감은 많이 해놓았는지 안부를 묻곤 한다.

"청소를 하다가 형 생각이 나서 전화했어요." 아니 청소를 하다가 갑자기 산속에 초저녁잠을 자고 있는 사람 생각이 나다니 이건 무슨 소린가. 전화 내용인즉 입춘도 되고 해서 마음의 봄이라도 먼저 맞으려 어질러진 방 청소를 하다 보니 구석에 처박힌 낡은 수첩을 몇 개 찾았단다. 뒤적거려보다 2003년에 사용하던 수첩에서 강원도 지역번호가 찍혀 있는 내 전화번호를 보고 한 순간 생각이 근 팔 년 전의 시절로 연어처럼 거슬러 올라갔고 내가 처음 치악산 속으로 들어왔던 그 여름이 생각이 났단다. 그 시간 속의 나와 또한 그 시간 속에 있던 자신의 추억이 겹쳐 떠올라 문득 그리웠단다.

　　내 단잠을 깨워놓고 다시 청소한다고 그가 전화를 끊고 나서 이제는 내가 시간을 거슬러간다. 그 무렵 인천에 살던 그와 목감동에 살던 나는 소래포구에서 자주 만났다. 뻘에 얹혀 기울어진 목선에 노을이 물드는 것을 보기도 하고 어시장 바닥을 어슬렁거리며 횟집을 기웃거리기도 했다. 서로의 고민을 소주잔에 섞어 마시며 우정을 쌓았다. 그러나 현재는 추억을 망각하게 하는 습성을 갖고 있다. 한때는 사소한 일로 그와 심하게 다투기도 하고 연락을 단절한 시간도 있었다. 그것은 우정의 변질이 아니라 추억을 잊게 하는 현실의 피곤함에 잠시 갇혀 있는 시간이다. 그의 낡은 전화번호 수첩에 내가 있듯이 구석 어딘가에 먼지 덮여 있을 내 낡은 수첩에도 그가 있을 것이다. 그 힘이 우정을 끌고 가는 것이다.

진눈깨비

3월의 겨울 숲에 진눈깨비가 내린다. 물기를 머금은 눈은 소리 없이 제 몸의 무게를 내려놓고 스며들지 못하는 물로 변하여 바닥에 고인다. 젖은 편지의 번진 글씨를 읽듯 간이역에 잠시 멈춰선 완행열차를 바라보듯 나는 무연히 겨울 숲에 내리는 진눈깨비를 바라본다.

어느새 가까운 곳의 잔설은 모두 녹았고 멀리 보이는 백운산 산정에 만년설처럼 덮인 흰 눈도 녹아 거뭇한 나무들의 그림자 사이로 자욱하게 산안개가 피어오른다. 산안개는 느리고 거대하게 부풀어 오르며 검은 삼각의 산정을 휘감기도 하고 끝없는 구름의 연못을 만들어 크고 검은 먼 산을 서서히 안개 속으로 침몰시키기도 하며 흐린 하늘로 흩어져간다.

이 고요와 적막의 침묵 속에서 이따금 지나가는 계곡의 골바람은 칼날처럼 시린 체온을 녹여 부드러움과 쌀쌀함의 중간에서 내 몸을 어루만지고 처마에 걸린 풍경을 몇 번 흔들고 사라진다. 마당에 찍힌 발자국이 얼음에서 풀리고 산목련나무의 가지에는 버들강아지 같은 씨눈이 맺힌다.

　　보이지 않는 곳에서 겨울을 견딘 모든 생명들의 거친 겉옷 속으로 엷은 연둣빛 물감이 번진다. 아궁이의 연기가 흠뻑 배어 있는 두꺼운 겨울외투에 덮인 내 몸의 실핏줄에도 버들강아지 속 같은 물이 흘러 어딘가 가려움을 느낀다. 3월의 겨울 숲에 종일 진눈깨비가 내려와 눈이 눈으로 응달의 잔설을 녹이고 언 땅으로 천천히 스며들어 깊이 잠든 뿌리를 위로한다. 나도 이 진눈깨비 녹아 흐르는 물에 걸레를 빨아 이불 밑 방바닥을 닦고 겨우내 웅크린 마음을 닦는다.

나무화분

손바닥만 한 내 작은 마당에 나무화분 다섯 개가 있다. 방문을 열면 눈을 찌를 듯 다가와 있는 것이 초록의 나무들이고 호미로 캐내고 낫으로 베어내도 솜털 나듯 마당을 좁혀오는 잡초들이 나중에는 모두 제 나름의 꽃을 피우는 화초들인데 굳이 나무화분을 만들어놓은 이유는 이렇다.

죽은 밤나무 밑동을 베었는데 제 속으로 썩은 커다란 구멍이 있었다. 이것을 절구통만 하게 잘라 지게에 져 마당에 내려놓으니 그냥 장작으로 불태워 하룻밤 방을 덥히기는 아까운 생각이 들었다. 그래서 처마 끝에 매달린 풍경 아래로 옮겨놓고 뿌리가 뒤엉킨 산죽 몇 가닥을 캐다 심어놓았다. 산죽은 고맙게도 잘 살아 뎅그렁하고 풍경이 울리면 마치 그 바람소리를 들었다는 듯이 살랑살랑 푸른 잎을 움직여 홀로 적막한 풍경소리에 화답을 하였다. 이 사소한 즐거움이 자꾸만 나무화분에 눈길을 주게 만들었다.

그럼 이것도 화분을 만들어볼까 생각한 것이 버려진 벌통이었다. 쌀 됫박만 한 벌통 네 개를 애기화분처럼 옆에다 놓고 돌멩이를 주워다가 받침대를 하니 아기자기한 나무화단이 되었다. 민들레 제비꽃 피나물 같은 앉은뱅이 꽃들이 나무화분으로 이사를 왔다.

　　마당이나 텃밭 풀숲에 피어나는 모든 봄꽃들이 싱그럽고 예쁘기는 한가지이나 작은 화분에서 새집 속의 새끼처럼 목을 늘이는 이 꽃들에게 조금은 더 애틋한 마음이 가는 것은 이것들은 나의 손길을 기다리기 때문일 것이다. 툇마루 끝에서 커피 한 잔을 마시며 싱그러운 햇살이 먼 능선에서 숲으로 번져오는 것을 나른하게 즐기다가 파란 플라스틱 물뿌리개에 물을 가득 채워 화분에 물을 주는 것으로 아침을 시작하는 즐거움을 갖게 되었다. 그러나 어찌 삶이 매일 한결같기만 하고 또 처음의 즐거움이 매일의 즐거움이 될 수가 있겠는가. 꾀가 나거나 잊어버리고 하루나 이틀 물을 주지 않으면 애기 풀꽃들은 금방 풀이 죽어 바닥에 늘어지거나 잎 끝이 말라버린다. 미안한 마음에 흠뻑 물을 주고 스스로 자라는 마당의 풀꽃들을 보면 내가 돌보지 않는 사이에도 몇 가닥 꽃 대궁을 더 달고 생글거리며 피었다. 그동안 나는 얼마나 많은 것을 공짜로 즐겼는가. 내가 책임지지 않는 것들이 도리어 내게 더 많은 즐거움을 주었다.

　　화분을 풀어 꽃을 도로 마당에 심을까 생각해본다. 그러나 나는 이 작은 꽃들을 책임지기로 한다. 아침저녁으로 개에게 밥 한 그릇을 주는 일밖에는 묶여진 것이 없는 이 생활에서 작은 화분에 물을 주는 일, 들꽃 몇 포기의 생명을 책임져보는 일도 생활의 작은 규칙을 만드는 것이라고 마음을 고쳐먹는다. 이 작은 화분의 꽃이 시들면 내 생활이 시든 것이고 평화롭게 피어나면 내 생활이 평온한 것이리라.

　계곡물을 호스로 끌어다 먹으니 물을 잠글 수도 없고 그럴 필요도 없다. 물통을 채우고 흘러넘치는 물이 텃밭으로 스며들어 진창이 되었다. 곡식을 심을 수가 없어서 밭둑을 따라 작은 도랑을 만들어 물길을 돌려주었다. 마르지 않고 흘러가는 도랑에는 물을 좋아하는 풀들이 자연스럽게 자리를 잡았다. 그중에는 어떻게 이곳까지 왔는지 돌미나리들도 소복하게 자랐다.

　여름밤에는 가끔 수량이 풍부하고 깊게 파인 물웅덩이인 소가 곳곳에 있는 뒤편 계곡으로 밤낚시를 간다. 지렁이를 꿴 줄을 던져 놓고 물소리를 듣고 있으면 작은 산 메기들이 입질을 한다. 검은 나무들의 그림자에 휩싸인 계곡물에 은빛 동전을 뿌리듯 달빛이 새어 들어 올 때쯤이면 깡통에 몇 마리 버들치와 산 메기가 건져져 있다. 달빛 산책을 하듯 움막으로 돌아와 작은 냄비에 물고기를 손질하고 도랑의 돌미나리를 한 움큼 잘라서 매운탕을 끓인다. 작은 도랑은 내게 항상 싱싱하고 풋풋한 돌미나리 냉장고가 된 셈이다. 더러는 무쳐 먹기도 하고 돌아가는 친구 배낭에 조금 넣어주기도 하면서 미나리 밭이 조금씩 줄어들었다. 자연의 경쟁에서는 숫자가 부족하면 밀리게 되는 법인지 도랑에는 머위 딸기덩굴 망초대 등이 뒤덮이며 돌미나리를 쫓아내고 있었다. 아쉬운 마음에 도랑 끝에 물을 막고 평평하고 조그만 웅덩이를 만들어 돌미나리를 옮겨 심었다. 경쟁자가 없어진 돌미나리들은 금방 줄기를 뻗고 번창하여 무성한 미나리꽝이 되었다. 항상 물이 차 있는 미나리꽝에는 고인 물에 사는 생물들이 생겨났다. 장구벌레 소금쟁이가 찾아왔다. 작고 고물고물한 것들을 가만히 들여다보고 있으면 어릴 때 고무신발에 이것들을 담아놓고 놀던 생각이 난다. 그러나 이 장난 같은 미나리꽝의 농사는 가을에 끝이 나고 겨울에는 눈에 덮여 잊혀졌다.

다시 봄이 되어 얼었던 계곡물이 녹고 물통을 채우고 넘친 물이 도랑을 따라 흘러간다. 머위며 망초며 쑥들이 고개를 내밀 때 흙속에 머리를 숨겼던 돌미나리 싹도 바닥 위로 순을 내민다. 반갑고 고마운 마음에 얼른 물꼬를 터서 미나리 밭을 채운다. 찰랑찰랑한 물이 손바닥만 한 연못을 만들어 봄바람에 잔주름을 잡고 그 아래서는 돌미나리 싹이 부지런히 머리를 드는데 가만 생각하니 너무 어린 새싹에 물을 채우면 이거 질식해서 모두 죽지 않을까 걱정이 되었다. 조금 더 클 때까지 물을 빼자 생각하고 둑을 헐어 물을 모두 빼버렸다.

한 이틀이 지나고 밭고랑 세 개를 만들어 감자를 심다가 미나리 밭에 가보았다. 그사이에도 눈에 띄게 올라온 싹을 보고 흐뭇해 하다가 그만 깜짝 놀랐다. 얼른 터진 둑을 막고 물꼬를 터서 미나리 밭에 물을 채웠다. 푸른 미나리 싹 사이사이에는 개구리 알들이 대여섯 군데나 몽글몽글하게 뭉쳐 있었다. 그나마 안도하는 마음에 혼자 우스갯소리로 중얼거린다. "미나리 밭에는 미나리만 사는 것이 아녀!"

다람쥐
세 마리

숲속 생활이 내게 주는 경험 중의 하나는 들짐승이나 새 또는 작은 동물들의 보금자리와 우연히 마주치는 일이다. 그 은밀하고 고요한 나무와 풀들의 나라에서 홀로 별을 보고 골바람 소리를 들으며 알을 품고 혹은 새끼의 탯줄을 끊으며 정적의 시간을 보낸 흔적을 보는 순간의 짜릿함과 놀라움은 생명에 대한 알 수 없는 연민과 애정의 마음을 갖게 한다.

큰 바위 밑으로 뚫린 구멍에서 겨울잠을 자는 오소리는 겨우내 들어앉은 나와 별반 다를 것이 없다. 움막 바로 앞 골짜기까지 내려와 흙구덩이를 파놓고 가끔 밤길에서 마주쳐 서로 놀라는 멧돼지도 이렇게 내 보금자리와 한 능선의 꼭대기에 있는 고독한 둥지에서 눈도 못 뜬 채 어미의 젖을 빨고 자란 때가 있었거니 생각하면 무서움을 잊어버리고 친근한 사이인 것 같은 착각을 하기도 한다. 그중에 다람쥐는 나와 가장 가까이 살면서도 곁을 주지 않는 동물이다. 툇마루에 앉아 있으면 건너편 원두막에서 알밤을 까먹고 가을밤에는 천장에다 알밤을 저장하느라 또르륵 밤 굴리는 소리를 내며 제 맘대로 돌아다닌다. 한번은 잠을 자는데 천장 구멍에서 이놈이 이불 위로 뚝 떨어져 나를 깜짝 놀라게 한 적도 있다. 쥐인 줄 알고 얼른 일어나 불을 켜고 이불을 들추고 방 안을 뒤지니 저도 놀란 다람쥐가 책상 틈으로 얼른 기어들어 숨었다. 이놈을 길들여볼까 하는 마음에 접시에 물을 담고 알밤 몇 개를 옆에 놓았다. 아침에 일어나 보니 알밤 한 개에 다람쥐의 이빨자국이 있었다. 그러나 그것이 마지막 인사였다. 다음날 아침이 되어도 밤과 접시 물은 그대로 있었다.

목련과 산 벚꽃이 지고 마당의 세 그루 개복숭아나무에 연분홍 꽃이 피면 다람쥐가 새끼를 낳는 때가 온 것이다. 다람쥐 한 마리가 슬슬 눈치를 보며 창고를 들락거린다. 요놈이 새끼를 낳는구나 생각하면서도 어디에다 낳지 하면서 찾아볼 생각이야 할 필요가 있겠는가. 그런데 오늘 다람쥐 새끼 세 마리와 딱 마주쳤다. 창고에 쌓아둔 벌통을 청소하려고 마당으로 들어내는데 맨 아래 칸에 그 은밀한 다람쥐의 보금자리가 있었다. 가랑잎과 종이 비닐 같은 것들을 우표처럼 잘게 잘라 소복이 쌓아놓은 속에서 이제 막 눈을 뜬 애기 다람쥐 세 마리가 꼼지락거리고 있었다. 그 순간의 경이로움을 어떻게 표현할 수가 있을까. 가슴이 콩닥거리고 반갑고 미안하고 어쩔 줄 몰라 한동안 가만히 들여다보기만 했다. 애기 다람쥐들도 무언가 느꼈는지 가랑잎 이불속으로 꼬물거리며 파고들었다. 손으로 만져보고 싶었지만 너무 어린 생명을 만진다는 것이 떨려 살며시 벌통을 다시 쌓아놓았다. 그래도 궁금해서 몇 번을 들락거리며 벌통을 올렸다 내렸다 하면서 애기 다람쥐를 확인했다. 그러다가 한 순간 욕심이 생겼다. 아직 어린 이놈들을 방으로 옮겨 내가 가끔씩 타 먹는 미숫가루를 먹이면 나를 엄마로 생각하지 않을까? 얼른 마당으로 가서 판자를 자르고 못질을 하며 애기 다람쥐 집을 만들었다. 불안한 마음이 없진 않았지만 내 방과 안마당을 제집처럼 드나들며 뛰노는 다람쥐 세 마리를 상상하며 창고로 갔다. 벌통을 내려놓고 다람쥐를 꺼내려고 가랑잎 속으로 손을 넣는 순간 깜짝 놀랐다. 다람쥐가 없었다. 어느 사이에 어미가 애기 다람쥐를 다른 곳으로 옮겨놓은 것이다. 순간의 서운함과 어미 다람쥐의 빠른 결단과 행동의 놀라움이 교차하며 머리가 쭈뼛하게 서고 살갗에 소름이 돋았다. 이 기막힌 모성과 생명의 신비에 혼자 가슴이 뛰었다. 어미 다람쥐가 어딘가 숨어서 자꾸 나를 쳐다보는 것 같았다. 내 집 창고에만 들어 살아도 내 식구인 것을. 다람쥐야, 오늘 미안하다.

소쩍새
운다

산 벚꽃이 질 때를 기다려 비가 내린 것인지 비바람에 쫓기듯 흩날린 것인지 지붕과 마당에 연분홍 꽃잎이 낭자하다. 밤비는 산 벚꽃을 데려가고 마당 개복숭아나무에는 꽃망울이 벙근다. 가고 오는 봄꽃의 순서 사이로 나무들의 연초록 잎들이 자란다.

해마다 이맘때면 앞 능선에 찾아와 우는 소쩍새가 올해는 오늘 처음 운다. 작년 이때의 마음이 또 오늘 밤의 마음이다. 그가 홀로 울고 내가 홀로 듣는다. 무슨 생각을 하는가. 울음을 그친 사이 나는 보이지 않는 어둠 속에 홀로 있는 소쩍새를 생각한다.

지금 팔베개를 하고 누워 있는 방 벽에는 붉은 장미 열 송이를 가지런히 묶어 매달아놓은 것이 있다. 수분이 마르고 색이 변하고 가벼워진 장미는 그러나 하나의 형태도 변하지 않고 먼지로 만든 조각처럼 벽에 걸려 있다.

벽지에 그려진 꽃무늬처럼 그냥 그렇게 있는 저 열 송이의 마른 장미꽃이 칼이 지나간 자리에 붉고 푸른 피의 금이 그어질 듯 싱싱하게 살아 한 사람에게 바쳐진 때가 있다.

그녀는 가끔 이곳을 방문했다. 자신이 속한 곳에서 인연을 맺고 있는 사람들과 함께 왔다. 한 번도 도시 밖으로 자신의 거처를 옮긴 적이 없는 그녀는 마음속에 숲을 꿈꾸며 살고 있었다. 자신의 삶이 조금 고독하거나 소수자들이 가고 있는 길이라고 생각할 때 같은 생각을 가진 사람을 만나는 것은 많은 위안을 준다. 그녀에게 내 생활의 작은 부분을 체험하게 해주고 싶었다. 문에 물을 묻혀 창호지를 벗겨내고 새하얀 창호지를 바르면 그녀는 보랏빛 협죽도 꽃잎을 따고 싸리나무의 작고 파란 잎사귀를 가져와 꽃무늬를 넣었다. 연기 자욱한 아궁이에 쪼그리고 불을 붙이느라 애를 쓰면서도 즐거워했다. 도끼를 들고 장작을 패는 시늉을 하기도 했지만 나무를 맞추기도 힘겨워했다.

한번은 엇갈린 만남이 있었다. 서울에 볼 일이 있어 올라간 길에 친구 집에 하룻밤을 묵었다. 집을 비우면 내 빈 방으로 내가 가끔 전화를 걸어보기도 하는데 그날, 몇 번의 벨이 울리고 수화기가 들렸다. 빈 집에 그녀가 와 있었다. 산길을 오르는 마음이 급하고 설렜다. 맑은 물살이 흘러가는 징검다리를 건너뛰는 내 발소리에 비탈의 산벚꽃 잎이 화르르 흩날리는 봄날 오후였다. 내 손에는 검붉은 장미 한 다발이 들려 있었다.

나는 금 간 작은 항아리에 물을 붓고 장미를 꽂았다. 빈 마당의 평상에서 며칠을 홀로 붉게 피어 있던 장미꽃이 시들어갔다. 그중에 열 송이를 골라 가지런히 자르고 끈으로 묶어 벽에 걸었다.

소쩍새 우는 계절이 세 번 지나갔다.

3
바람이
데려가는
곳으로

토끼에게
배우다

어릴 때 시골마을에서 자란 나는 십 리 길을 걸어 읍내에 있는 초등학교를 다녔다. 그 당시 학교에서는 학생들에게 공부하는 숙제를 내주는 것 외에도 여러 가지 과제를 주곤 했는데 여름에는 아카시아 잎을 비료포대로 하나씩 따오라든지 겨울에는 갈탄난로의 밑불로 쓸 솔방울을 가져오라고 했다. 책 보따리를 등에 가로질러 메고 솔방울 한 자루를 이쪽저쪽 어깨에 번갈아 옮겨가며 눈길을 걸어 학교에 가는 것은 여간 고역이 아니었다. 달그락거리는 필통 소리를 박자 삼아 가다 쉬고를 반복하며 나중에는 거의 끌다시피 학교에 도착하면 읍내에 산다는 이유로 솔방울 따기에서 면제가 된 애들이 괜히 얄밉고 무언가 서러운 생각이 들었다.

6학년 때의 일이었다. 우리보다 더 외진 면소재지에서 전근을 오신 담임선생님은 특별활동의 일환으로 선생님 집 마당구석에 토끼를 두 쌍 구해다놓았다. 특별한 의무가 있는 것은 아니지만 토끼풀을 뜯어다주는 것은 자연스럽게 시골길을 걸어 학교에 다니는 아이들의 몫이 되었다. 아침 조회 시간이면 선생님은 "오늘은 누가 토끼풀을 주었나?” 하면서 은근한 숙제 검사를 하시고 토끼풀을 준 학생은 자리에서 손을 들어 칭찬 한마디를 선물로 받았다. 숫기가 없고 소심했던 나는 아침에 불려 칭찬을 받는 것이 쑥스러웠지만 내가 넣어준 풀을 오물거리며 먹는 토끼들의 모습이 아른거려 열심히 토끼풀을 뜯어주었다. 그 보상으로 졸업식 날 선생님은 학생들 앞에서 내게 토끼 한 쌍을 선물로 주신다고 말했다. 그것이 내가 처음으로 집안에서 사유재산을 갖게 된 계기가 되었다. 사과 상자를 뉘어 망을 치고 한 옆으로 문을 만들어 토끼장을 지었다. 토끼들은 무럭무럭 자라고 나는 더 신이 나서 토끼풀을 뜯어주었다. 어느 날 밖에서 놀다 들어오니 토끼장에 담요가 덮여 있었다. 웬일인가 싶어 담요를 살짝 젖히다 너무나 놀랍고 경이로운 광경을 보았다. 어미 토끼가 붉은 속살이 드러나도록 제 가슴 털을 뽑아 소복이 쌓아놓고 그 안에 꼬무락거리는 새끼를 네 마리나 낳아놓았다. 그것은 내가 가장 가까이에서 본 최초의 생명 출산이며 지금까지 머릿속에 강렬하게 남아 있는 가슴 두근거리는 이미지다. 아버지는 어미가 놀라면 제 새끼를 잡아먹으니 조심하라고 일러주었다. 그렇게 시작된 최초의 출산은 계속 이어지고 토끼장 위에 새로운 토끼장이 쌓이며 토끼의 숫자는 불어났다.

개울가 모래사장에서 친구들과 축구를 하고 돌아오니 둘째 형 친구들이 마당에 멍석을 깔아놓고 왁자지껄하니 막걸리 잔을 돌리고 있었다. 상에 놓인 커다란 냄비에서 고깃국 냄새가 났다. 배도 고픈 참에 웬 고깃국인가 싶어 얻어먹을 생각을 하다가 쫙 펼쳐진 채

굴뚝 옆에 걸려 있는 토끼 가죽 두 장을 보고 말았다. 그렇게 어린 날의 내 토끼는 생명의 신비와 죽음의 충격을 동시에 주고 시간 속에 묻혀졌다.

연초록의 부드럽고 밝은 잎들이 제 몸을 다 키우고 진초록의 무성함으로 변해가는 7월이다. 원주 시장에서 지금 출발하니 지게를 지고 내려오라는 전화가 왔다. 먼저 도착한 친구는 배낭 옆에 종이박스 하나를 내려놓고 기다리고 있었다. 귀퉁이를 삼각으로 뜯어 숨구멍을 만들어놓은 박스 안에는 새끼 토끼 두 마리가 두려운 듯 동그랗게 커진 눈을 하고 있었다. "마침 원주 오일장이라 둘러보다가 한 쌍 샀다!" 배낭을 걸머지며 친구가 말했다. "왜, 키워서 잡아먹으려고?" 지게에 박스를 얹고 산길을 올랐다. 비어 있는 닭장에 놓고 키우면 굴을 파고 드나들며 알아서 새끼를 낳아 금방 숫자를 알지도 못할 만큼 불어날 거라며 친구가 웃었다.

처음에는 두려움과 경계심으로 풀을 주어도 구석에 웅크리고 달려오지 않던 놈들이 이삼 일이 지나자 풀을 베어서 토끼장 앞으로 가면 문 앞으로 나와 기다리고 오물거리며 맛있게 먹기 시작했다. 아침에 늦잠을 자고 토끼장 앞으로 가면 지난 저녁에 넣어준 먹이를 밤새 몽땅 먹어치우고 배고픈 아기처럼 칭얼거리지도 못하고 문 앞을 서성이고 있었다. 소리가 없는 것들! 그저 자신의 생사를 나에게 의탁하며 맑은 눈과 쫑긋한 두 귀를 기울이며 내 발자국 소리만을 기다리는 어린 것들을 보면 괜히 짠하고 미안한 마음이 들었다. 이것저

것 여러 가지 풀을 넣어주며 이놈들이 무엇을 잘 먹나 살펴보았더니 칡 잎사귀와 연한 덩굴과 고들빼기나 씀바귀 같은 풀들을 유난히 좋아했다.

이제는 친해져서 문을 열어놓고 손에 왕고들빼기 풀을 들고 있으면 서슴없이 다가와 손가락 끝에 입이 닿을 때까지 먹이를 먹는다. 서로 바짝 다가앉아 토끼들이 풀을 먹는 그 아삭거리는 소리를 듣고 있으면 입을 가진 동물이 이렇게 고요할 수가 있다는 것이 새삼 놀랍다. 나는 얼마나 소란하고 부산스러운 동물인가! 나에게 침묵하는 법을 일깨워준 이 귀엽고 고요한 애기 친구들에게 이름을 지어주었다. 잿빛 털을 가진 수놈에게는 '밤이' 흰 털을 가진 암놈에게는 '낮이'라고…… 적어도 너희들을 잡아먹진 않으리라!

　　해마다 열다섯 통에서 스무 통 정도의 토종벌을 키운다. 젊은 시절 기차 여행을 하거나 시외버스를 타고 한적한 국도변 마을을 지나갈 때면 산자락 아래 드문드문 놓여 있던 벌통을 전원의 한 풍경처럼 바라보던 것들을 처음 내 거처의 마당에 들여놓았을 때는 신기하고 설렜다. 교과서에서 읽은 어느 여류시인의 시 구절에 "앞마당 벌통엔 벌들이 날고……" 하던 시가 생각나기도 하고 어쩐지 토종벌 하면 문명에서 벗어난 오지 마을이나 고독 평화 한가로움 같은 단어들이 자연스럽게 떠올라 그런 환경에서 살게 된 자신이 대견하기까지 했다.

　　햇살이 능선에 퍼지며 숲의 이슬을 말리는 아침에 커피 한 잔을 들고 툇마루에 나가면 부지런한 벌들은 새총에서 튀어나간 콩알처럼 쌩쌩 날아가고 날아오며 제집 작은 구멍 속을 분주히 드나들었다. 풀냄새 가득 담긴 아침 공기를 마시며 슬리퍼를 끌고 벌통 앞에 쪼그려 앉아 벌들을 바라보고 있으면 내 느린 시간과 활기찬 벌들의 시간 사이에 어찌 설명할 수 없는 안도감이 찾아온다.

　　그런데 이 벌들을 어떻게 보살피고 도와주어야 가을에 꿀을 얻을 수 있는지를 알지 못했다. 다행히 산자락 아래 몇 가구 안 되는 마을에 평생 토종벌을 키우며 살아오신 노인이 계셔서 많은 도움을 받았다. 벌통 하나에 여왕벌 한 마리를 중심으로 수천수만 마리의 벌들이 살아가는데, 이들에게도 각자의 역할이 있다. 왕을 호위하는 벌이 있고 청소를 하는 벌이 있고 꿀을 물어오는 벌과 애벌레를 먹일 화분을 물어오는 벌이 있다. 각자 맡은 역할에 충실하여 집을 올리고 수가 불어나면 분가를 하는데 이것을 분봉이라고 한다. 사람의 경우는 자녀가 성장하여 새로운 가족이 생기면 주로 자식이 새로운 보금자리를 얻어 나가는데 벌들은 어미 왕이 새로운 왕이 될 자식에게 집을 물려주고 자신의 추종자들을 데리고 새로운 곳으로 떠나간다. 그때 왕을 따라가는 벌들과 남아서 새로운 왕을 기다리는 벌들을 어떻게 나누는지 참으로 불가사의한 생각이 든다. 이들은 무슨 이유에서인지 이사를 가기 전에 집 가까운 나무에 덩어리로 뭉쳐 한동안 시간을 보내다 흩어져 떠나가는데 이때 됫박만 한 벌통 하나를 들고 나뭇가지로 올라가 살며시 대어주면 벌들이 그 속으로 옮겨 간다. 이것을 잘 들고 내려와 새로 준비한 벌통에 옮겨놓는데 다행히 집이 마음에 들면 벌들은 도망가지 않고 그곳에서 새로운 출발을 한다.

땅에서 나는 모든 풀들이 한 뼘 두 뼘쯤 키가 자라고 나무의 잎사귀들이 연초록의 손바닥을 키우는 오월의 숲에서 초록을 흔드는 산들바람을 맞으며 밤나무 가지에 매미처럼 붙어서 이사를 가기 위해 뭉쳐 있는 벌들을 통으로 옮기는 일은 벌을 키우는 재미와 무위

도식하는 것 같은 산 생활에서 무언가 일을 하고 있다는 뿌듯함을 준다. 벌에게 집을 마련해주고 가을에 꿀을 뺏어 먹는 재미에다 벌을 기르는 요령까지 붙어 조금씩 벌통 수를 늘린 것이 올해는 스물여섯 통이 되었다. 벌의 행동반경이 있고 농작물 꽃이 없는 깊은 산속에서 야생화의 꽃과 화분에만 의지해 사는 벌들에게 너무 숫자를 불려 놓아서 좀 미안하기도 하고 어디서 꿀을 따올까 불안하기도 한데 부지런한 벌들은 어디 가서 먹을 것을 구해 오는지 장마가 시작되기 전까지 각자의 벌통이 묵직할 정도로 잘 자랐다.

야생 밤나무가 많은 이곳에 드디어 골짜기 가득 아련한 냄새를 풍기는 밤꽃이 가득 피어나고 벌들도 더욱 활기차게 날아다녔다. 그러나 모든 것이 좋은 대로만 흘러가겠는가. 푸른 잎사귀를 세차게 흔들고 옥수수를 쓰러뜨리며 장맛비가 쏟아지기 시작했다. 해 아래 일하는 짐승들이 처마 밑에서 비 구경을 하고 활짝 피지도 못한 밤꽃들이 마당에 툭툭 떨어져 흙탕물에 뒹군다. 이때부터 벌통에서 이상한 일이 일어났다. 일을 하지 않는 벌들이 자기들끼리 엉켜 싸우고 애벌레를 자꾸만 문밖에다 물어다 버렸다. 어쩌다 날이 맑으면 벌들은 자기 집을 버리고 까마득히 날아올라 나뭇가지에 뭉쳐 있다 어디론가 사라졌다. 한 통 두 통씩 벌들의 빈 집이 늘어나기 시작했다. 원인을 알 수 없는 이 사태에 어떻게 대처하지도 못하고 집을 버리고 날아가는 벌들을 원망하고 내 욕심으로 벌통 수를 너무 많이 늘렸나 자책하며 그저 바라보기만 했다.

능선을 하나 넘는 절에 공양주 보살님을 만났다. 사람의 안부는 건성으로 묻고 그곳 벌의 안부를 자세히 물으니 거기도 벌이 전멸이란다. 듣기로는 면역력이 약해져서 생긴 전염병이 거의 모든 벌 농가에 번졌다고 했다. 장마가 끝났을 땐 모든 벌들이 날아가고 한 통의 벌이 간신히 남아 있었는데 마지막 벌이 미련 없이 집을 버리고 떠났다.

벌들이 사라진 빈 집 작은 구멍으로 개미와 귀뚜라미가 드나든다. 뽑아주지 않은 풀은 금방 무성해져서 벌통을 덮었다. 풀숲에 애기호루라기처럼 울어대는 귀뚜라미 소리가 적막한 저녁에 우뚝우뚝 서 있는 빈 벌통이 쓸쓸하다. 벌이 없는 호박꽃도 덩달아 쓸쓸하다.

소낙비

숲에 소낙비가 내린다. 검은 구름을 타고 협곡과 산정을 건너가는 수천만 천상의 대군이 초록 과녁을 향해 일제히 화살을 내리쏜 듯이 수직의 빗줄기가 대지에 꽂힌다. 제일 높이 솟은 전나무와 비탈을 가득 메운 굴참나무 산 벚나무 개옻나무 북나무. 키 큰 나무들이 전위병처럼 몸을 적시고 앉은뱅이 풀들이 머리를 흔들며 빗방울 화살을 받는다. 지열을 식히는 산안개 피어올라 능선을 호위하고 금방 물이 불어난 실개천이 풀들을 쓰러뜨리고 소리를 지르며 뛰어 내려간다. 길게 이어지던 영화의 절정을 보듯 한 순간 휘몰아치는 이 소나기의 축제를 툇마루에 앉아서 홀로 구경하는 것은 무성한 초록으로 내달리는 열기에 지친 숨을 식혀주는 여름의 선물이다.

눈앞의 숲과 먼 능선을 바라보며 소낙비를 맞이하는 꽃과 나무들의 모습을 본다. 백일홍은 하늘을 향해 꼿꼿하게 얼굴을 들고 봉숭아꽃 연분홍 젖은 치마는 흘러내리고 달맞이꽃 협죽도는 요리조리 흔들리며 얼굴을 씻는다. 소낙비와 가장 잘 어울리는 옥수수 밭에는 수직과 수직이 맞부딪치며 서로의 틈으로 몸을 찌르고 그 힘으로 옥수수의 싱그러운 잎사귀는 더욱 짙푸르러진다.

빗방울 꽃이 무수히 피어나는 마당에 옷을 홀딱 벗은 개구리 한 마리가 당당하게 등장한다. 얼굴에 커다란 빗방울 두 개를 단 것처럼 튀어나온 눈을 멀뚱거리고 손바닥에 침을 팅기듯이 어디로 갈까 궁리하더니 잡풀 무성한 꽃밭으로 껑충 뛰어간다. 아 그렇지! 소낙비는 저렇게 맞는 것이지. 어린 날 시골에서 자랄 때 이 소낙비를 푸른 벼 포기 출렁이는 들판에서 맞았다. 운동회 때 얻어 입은 광목 빤스 한 장 걸치고 구멍 뚫은 깡통과 체를 들고 갯둑 넘어 논과 논 사이 도랑으로 달려가서 송사리 붕어 미꾸라지를 잡으며 종아리에 풀독이 들도록 뛰어다녔다. 소낙비의 생명력을 온몸으로 흠뻑 받으며 벼 포기 옥수수 해바라기처럼 어린 몸을 키웠다.

마당을 가로지른 알몸의 저 개구리가 어린 시절의 나인가? 갑자기 소낙비를 온몸으로 맞고 싶은 충동이 솟구쳐 윗도리를 홀떡 벗어 던지고 마당으로 나간다. 백일홍처럼 얼굴을 들고 비를 맞는다. 무수한 빗방울이 세월에 찌든 내 몸의 혈관을 두드려 깨운다. 이 순간은 나도 무수한 나무 중의 한 나무이며 풀꽃 중의 한 꽃이다. 순간 아랫도리까지 홀렁 벗어던지고 싶지만 참기로 한다. 그래도 나는 개구리는 아니지 않는가?

사라진 역

우 대식

카스테라 봉지를 뜯던 여자가 있었다
주홍빛 망에 담긴 계란이 빛나던 시절
허기진 시간 속에서
자그마한 사람들이 모두
조금씩 먹고 있었다
역에서 사람들은 나누어 먹는 연습을 했던 것
부자들은 역을 줄였다
더 빨리 가기 위해
역을 폐쇄했다
나누어 먹는 연습을 할 곳이 사라졌다

내가 살고 있는 금대계곡 초입에 치악역이 있다.
지금은 열차가 서지 않는 간이역이다.
80년대 초 대학 신입생 시절 겨울방학. 어떻게 시간을 보내야 하는지 몰라서 종로서적 건너편 YMCA 뒤편으로 다닥다닥 붙어 있는 막걸리 집을 돌아다니며 대낮부터 술에 취했다. 그중 자주 가던 곳은 간판도 없이 쪽문 앞에 전봇대가 하나 서 있어서 그냥 전봇대집이라 부르던 곳이었다. 이 집은 오전 열한 시에 문을 여는데 그날 첫 손님에게는 도토리묵 한 접시를 공짜로 주었다. 유환이와 나는 열 시부터 기다려 그 도토리묵을 거의 맡아놓고 먹다시피 했다.

어느 날 둘이는 짐을 쌌다. 각자의 배낭에 텐트와 코펠 버너를 쑤셔 넣고 청량리역 광장 시계탑 앞에서 만났다. 비둘기호 완행열차가 차가운 철로에 배를 깔고 느릿느릿 기어가며 역마다 정차하면서 탁발하는 중처럼 몇 사람씩 자루에 채우고 더러 한 둘씩 내려놓기도 했다. 입김을 불어 유리창을 닦으면 근교의 비닐하우스에 박혀 있는 연통에서 흐린 연기가 흩어졌다. 짚가리를 쌓아놓은 논이 지나가고 물이 말라 가늘어진 개천이 구불구불 따라왔다. 오후의 겨울하늘은 금방 흐릿해졌다.

풍경의 낯설음이 사라지고 떠남의 설렘이 가라앉을 즈음 열차는 깜깜하고 긴 굴속으로 들어갔다. 한 순간 막장으로 들어가는 검은 광부들이 머릿속을 스쳐갔다. 우리나라에서 가장 긴 똬리굴이라고 유환이가 말하는 동안 기차는 숨을 토하며 굴에서 머리를 뺐다. 10미터는 족히 될 것 같은 공중 철교가 곧장 긴 골짜기를 가로질렀다. 짧은 순간 두 번의 환상 체험이었다. 기차는 곧바로 산 중턱에 손바닥만 한 역에 멈췄다. 치악역이었다. 우리에게 무슨 추억의 징표를 더해주려는지 함박눈이 쏟아지고 있었다. 채찍처럼 휘어진 길로 기차는 멀어지고 겨울 간이역 설경에 취한 우리는 잠시 동안 멍하니 서 있었다.

기차가 멀어지듯 우리도 간이역에서 멀어지며 금대계곡을 향해 걸었다. 바람 없는 오후의 눈송이는 부풀어 푹푹 내리고 있었다. 물길이 가늘어진 계곡과 겹치며 산길은 자주 끊어졌다. 듬성듬성 놓여 있는 징검돌이 물길과 산길을 연결해주며 우리를 치악산 깊은 골짜기로 이끌어갔다. 앞서가는 유환이는 재수를 할 때 친구와 함께 골짜기 끝에 있는 움막에서 한 달간 생활한 경험이 있었다. 지금은 사람이 살지 않지만 이 골짜기는 한때 화전민들이 40여 가구나 모여 살았을 정도로 규모가 큰 부락이라고 했다. 지금은 그들이 떠나며 버리고 간 흙집은 모두 무너지고 골격만 남아 흉가처럼 되어버린 움막이 몇 군데 남아 있었다. 우리는 그중 한 곳을 찾아 이틀도 좋고 일주일이어도 좋은 기약 없는 여행을 떠나는 것이다.

먼저 내린 눈 위에 새 눈이 내리는지 골짜기로 올라갈수록 신발이 깊이 빠졌다. 자신의 머릿속에 그려진 골짜기의 빈 집을 향해 묵묵히 앞서가는 유환이의 발자국에 내 발자국을 포개며 말없이 산길을 올랐다. 잎들이 모두 떨어진 나무는 수종을 구분할 수 없이 모두 먹빛으로 물들어갔다. 눈 내리는 흐린 대기와 골짜기의 산그늘이 겹쳐 오후 네 시의 사방은 금방 어두워질 것처럼 먹먹했다. 형태만 어렴풋이 남은 길옆으로 지붕은 허물어지고 돌로 쌓은 벽의 흔적만 남아 있는 두세 채의 집터를 지나 검은 어둠의 입 속으로 우리들의 형체가 스며들 무렵 해발 700미터의 골짜기 끝에 있는 빈 움막에 도착했다. 형체도 희미한 근 5킬로미터의 산길을 눈 속에 걸어온 것이다.

　막상 도착은 했지만 그것은 집이 아니라 형태만 간직한 집터나 다름없었다. 본래는 방 한 칸에 부엌이 딸린 흙집이었으나 부엌은 허물어지고 문짝은 떨어져나가고 방에 구들은 여기저기 꺼져 있어 그나마 지붕이 덮여 있는 것이 다행이었다. 칠흑의 어둠이 주는 공포를 가슴에 담고 유환이는 방 안에 텐트를 치고 석유버너에 펌프질을 하고 나는 코펠에 눈을 가득 담아왔다. 각자의 일을 하지만 사소한 것에도 서로의 이름을 자주 부르며 몇 미터 이상을 떨어지지 않았다. 그가 텐트를 친 방에서 식사 준비를 하는 동안 나는 솥단지도 없는 아궁이에 마른나무 생나무를 마구 집어넣고 불을 질렀다. 오랫동안 불을 때지 않은 아궁이는 구들로 들이는 불보다는 밖으로 뱉어내는 불길이 더 많았다. 그래도 칠흑의 어둠 속에 불길이 타오르자 두려움이 가시고 오붓하고 낭만적인 기분이 들었다. 그러나 안과 밖이 따로 없는 지경에서 불을 때니 갈 곳 없는 연기는 허물어진 구들장 틈으로 스며들어 방 안은 매운 굴속이 되어버렸다. 불가에 앉아 눈 녹인 물로 지은 코펠 밥에 고등어 통조림을 넣은 김치찌개를 끓여 우리는 빨치산처럼 웃으며 청춘의 저녁밥을 먹었다. 눈이 그치고 차가운 하늘에 얼음 같은 별이 박혔다.

많은 세월이 흘러갔다.

푹푹 눈 내리던 젊은 날의 간이역 풍경 하나가 먼 길을 돌아 다시 그 역으로 나를 데려왔다. 지금 나는 그때 그 흙집에서 조금 떨어진 한 움막에서 닻을 내리고 정박해 있다.

긴 겨울밤 홀로 눈 내리면 그렇게 지나온 날들이 사라진 간이역처럼 그리워진다.

귀뚜라미

숲의 어둠이 색깔과 소리를 모두 빨아들이고 밤의 검은 그물망 틈으로 귀뚜라미 소리만 선명하다. 한 마리인 듯 귀 기울이면 별처럼 쏟아져 함께 운다. 적막한 밤을 이어가는 촛불 심지 끊어질 듯 이어진다. 귀뚜라미 품은 풀숲에 이슬 내리고 봉숭아 백일홍 과꽃은 악보를 들고 주인공의 아리아를 듣는 합창 단원처럼 서 있다. 마당에 켜놓은 알전구에 나방들이 회전목마를 타고 어지럽게 돌아간다. 누구 하나 소리 내지 않는다. 현란한 침묵이 고요를 드러낸다. 불을 끄자 목마는 어둠 속으로 사라진다. 별들이 흑백 등불을 켠다. 통나무 토막을 꽃밭 앞에 놓고 귀뚜라미 소리 듣는다. 빈 병에 맑은 계곡 물을 담는다. 소주잔 하나. 검은 그림자 하나. 귀뚜라미 울음 강을 떠가는 빈 배에 앉아 맹물 소주를 마신다. 가을로 흘러간다.

깊은 밤을 홀로 건너며 스스로 성장하여 보름달이 될 애기 달. 어둠보다 먼저 검게 물든 서편 능선에 초승달이 떴다. 조금씩 커가며 먼 하늘로 나아가는 달의 성장을 보면 내 고향친구 성수 생각이 난다.

사방으로 뻗어 나간 나무가 가지를 따라 열매를 맺듯 읍에서 수원으로 거기서 더 멀리 서울까지 뻗어가는 비포장 신작로 옆 산자락에 60가구 정도 모여 사는 우리 마을이 있다. 대부분이 얼마 되지 않는 논과 밭농사를 지으며 살았는데 성수네는 마을 초입 개울을 건너는 다리께에서 조그만 구멍가게를 했다. 집집마다 아이들이 흔한 시절에 그는 밑으로 여동생만 둘 있는 외동아들이었다. 외아들답게 그리고 가겟집 아들답게 그는 또래 아이들보다 외모도 깨끗하고 어린 마음에도 예쁘게 잘생긴 친구였다.

어른이고 아이들이고 저녁상을 물리면 마실을 다녔다. 어른들은 막걸리 추렴으로 화투를 치고, 청년들은 닭이나 토끼를 서리해 술을 마시고, 아이들은 손등내려치기 민화투를 치거나 도둑놈잡기 같은 술래잡기를 하며 놀았다. 애들의 마실 방은 마을 꼭대기에 있는 희용이네 집이었다. 쑥불 모기향을 피운 마당에 멍석을 깔고 식구들이 둘러앉아 호박과 풋고추를 넣은 칼국수를 먹고 나면 담 너머로 까치발을 한 성수의 얼굴이 슬쩍 비쳤다. 그러면 오줌 누러 가는 척 밖으로 나와 양담말로 줄행랑을 치는 것이다. 우리도 어린데 더 어린 희용이 동생 희순이가 저도 끼워달라고 애교를 부리는 화투판에서 손등치기를 하다가 달 밝은 밤에는 밖으로 나와 도둑놈잡기 놀이를 한다. 패를 갈라 술래가 된 편이 공동 우물을 돌아오는 사이 아이들은 콩 가리 속이나 외양간 그리고 대표적으로 음침하고 무서운 재래식 변소에 단골로 숨는다. 이렇게 밤을 패며 놀다 아이들이 헤어지면 집 가까운 아이들은 쏙 들어가고 마을 맨 아래 사는 성수와 나만 남아서 머리에 별을 이고 돌아오는데 중간에 상엿집이 있다. 밤이면 더 우람하고 우중충해 보이는 커다란 전나무 아래 폐가처럼 기울어져 있는 상엿집을 지날 때면 머리털이 곤두서고 가슴이 벌렁거려 숨이 막힐 지경이었다. 상엿집부터 들고뛰어 우리 집까지 오면 나는 또 혼자 집으로 들어갈 수가 없다. 500미터는 더 가야 하는 성수네 집과 우리 집 사이에 병풍처럼 둘러친 갯둑이 있는데 늙은 아카시아나무와 도토리나무들이 머리 풀어헤친 거인처럼 어둠에 잠겨 있다. 그곳까지 같이 가서 우리는 서로의 집을 향해 궁둥이를 맞대고 하나 둘 셋 하면 총알처럼 튀어나가 제집으로 돌아갔다. 그러니 우리는 혼자서는 도저히 밤마을을 다닐 수 없는 단짝이었다.

초승달

　　성수 아버지는 마을의 자랑이며 자부심이었다. 우선 〈사랑방 손님과 어머니〉에 나오는 선생님처럼 잘생긴 얼굴이 땡볕에 그을리고 막걸리에 찌든 동네사람들과는 달랐다. 햇살이 갯둑 아카시아나무에 묻은 이슬을 말리면 청년과 어른들이 흙탕물에 얼룩진 바지를 걷고 물컹이는 논으로 출근을 할 때 성수 아버지는 멋진 양복에 검은 중절모를 쓰고 삼천리 자전거에 올라 앉아 은빛 바퀴를 굴리며 읍내로 향하는 것이다. 무엇을 하러 가는지 몰랐지만 아침마다 늘 그렇게 이어지는 일상의 풍경이 모든 것은 그냥 그런 것인 줄 알았다. 원래 어린애의 호기심이란 눈에 보이는 것 이상으로 뻗어가기는 어려운 것이다. 여기까지만이라면 굳이 동네의 자랑까지 될 것이 없겠지만 성수 아버지에게는 전설처럼 따라다니는 일화가 있다. 그가 청년 시절에 축구를 너무나 잘해서 시골의 마을 대항 시합에서는 물론이고 읍이나 군 단위의 각종 대회에 뽑혀 다니며 명성을 떨쳤는데 어른들은 그가 이런 촌구석에서 태어나지만 않았다면 능히 국가대표가 되고도 남았으리라고 아쉬워할 정도였다. 물론 우리가 태어나기도 전 이야기니 눈으로 성수 아버지가 공을 차는 것을 보지는 못했지만 마을의 애들에게는 추호의 의심도 없는 기정사실이 되어 전해졌다. 모든 놀이의 대표격인 축구에서 우리 동네에 이런 훌륭한 인재가 있다니 자랑할 것 없는 시골에서 얼마나 큰 자부심이며 또한 그의 아들인 성수에게는 얼마나 자랑스러운 아버지였겠는가. 그런 아버지를 닮아서 그런지 개울가 모래사장에서 공을 차면 아이들은 서로 성수를 자기편으로 하려고 애를 썼다. 그 무렵의 우리들의 성장을 달의 여정으로 친다면 초저녁 얕은 하늘에 떠 있는 초승달일 것이다.

어느 날 구구단을 외우지 못해 나머지 공부를 하고 친구들과 떨어져 십리 길을 터덜터덜 걸어오는데 읍내에 한두 대나 있을까 한 브리사 택시가 뽀얀 흙먼지를 일으키며 지나갔다. 먼지를 피하려고 등을 돌려 뒷걸음으로 걷는데 갑자기 택시가 섰다. 유리문으로 누가 얼굴을 내밀고 손짓을 했다. 뭘 물어보려나. 쭈뼛거리며 다가가니 전설의 영웅 성수 아버지가 "너 성수 친구지?" 하면서 타라고 했다. 몇 마디 물어보는 것 같았으나 아무 생각도 나지 않고 향긋하기도 하고 어지럽기도 한 향수 냄새가 차 안에 가득한 것만이 느껴졌다. 그 뒤로 내가 아이들에게 얼마나 자랑을 하고 다녔겠는가. 심지어 그의 아들 성수에게도 너 택시 타봤냐고 우쭐대며 물어봤다.

마을에서 성수 아버지가 보이지 않았다. 밥상머리에서 아버지와 형의 지나가는 말 속에 그가 깊은 병에 걸려 강원도 어디 산속으로 요양을 갔다는 것이다. 처음 들어보는 '암'이라는 말이 무슨 뜻인지도 몰랐지만 한 번 그 병에 걸리면 고칠 수가 없는 무서운 병이라고 어렴풋이 생각했다. 어린 마음에도 성수 얼굴을 보기가 어려웠고 그의 얼굴에서 근심의 표정이 서린 것이 느껴졌다.

아카시아 고목과 아름드리 상수리나무가 줄지어 선 마을 앞 갯둑에 사람들이 모여 있다. 이 갯둑은 마을 입구를 병풍처럼 둘러쳐서 안과 밖의 경계를 세워주고 여름에는 아카시아 그늘이 정자 역할을 해주기도 하는 곳이다.

우뚝우뚝 서 있는 남자들. 삼삼오오 모여 수군거리는 여인들. 이따금씩 누군가 소리를 지르며 일머리를 지시하고 상의하는 사람들. 모두가 서 있는 사람들 발치 아래 성수 아버지가 주검으로 누워 있었다.

멍한 마음과 공포 그리고 음산한 분위기. 규정할 수 없고 순서를 정할 수 없이 순간에 몰려든 감정들이 어떤 의미인지 모르고 한구석에서 삐죽이 내 생의 첫 주검과 마주쳤다. 열 살이면 상황에 대한 눈치가 있는 나이고 자신의 감정을 슬픔이나 서러움 같은 상태로 몰아가려는 시도를 할 수 있는 나이다. 흐린 하늘에 검은 구름이 흐르고 한 줄기 연기가 구름 쪽으로 흩어져가는 풍경 같은 우울이 마음에 흐르는 것을 느꼈고 이런 때는 그렇게 자신의 감정을 몰아가야 한다고 생각했다.

그때 환상을 본 것인지 현실을 본 것인지 분명 가마니를 펼쳐 덮은 거적에 삐져나온 두 발을 보았다. 그것이 현실이건 환영이건 내가 생에서 마주한 첫 주검은 성수 아버지였고 내 기억 속의 각인은 지금도 그 모습으로 머릿속에 저장되어 있다.

그때는 내 친구 성수를 생각하지 못했다.

상현上弦의 시절

그날 마지막 수업은 수학이었다. 깨알 같은 글씨로 칠판을 가득 메운 수학 공식은 풀 수 없는 암호문이었다. 그녀는 성수네 반 담임이었다. 마른 얼굴에 단발머리. 가위질처럼 딱딱 끊어지는 말투. 외줄기 꽃대 같은 몸매. 수학을 가르치지만 않았다면 코스모스에 노란 원피스를 입혀 놓은 것 같은 인상을 줄 수도 있었던 여자였다. 종례가 끝나고 교무실 그녀의 책상 앞에 섰다. 서랍을 열어 성수의 성적표를 건네주었다. 우리가 같은 동네에 사는 것을 알고 있다는 것이 칭찬을 받는 것처럼 기분이 괜찮았다. 성수는 며칠 학교에 나오지 않았다. 조금 아프다고 학교에 가지 않는 것은 모를 심거나 타작을 하는 날 학교에 간다고 우기는 것처럼 촌놈들에게는 거의 불가능한 일이었다. 그만큼 성수 어머니는 외아들에게 각별했다.

중학교는 읍내 전경이 내려다보이는 산 위에 있었다. 산에는 오솔길이 있게 마련이고 우리는 신작로를 피해 산길을 걸어 학교에 다녔다. 풋사과가 매달린 과수원 철망 너머에서 개 짖는 소리가 들렸다. 풋열매는 잎사귀 아래 숨어 잘 보이지 않는다. 영글기 전에는 모든 것이 엄마 품에 있다.

성수의 성적표를 열어보았다. 66명중 3등이었다. 편지 내용을 알고 있는 우편배달부 같은 생각이 들었다. 가게에 딸린 방문을 열고 성수가 나왔다. 얼굴이 조금 노랗게 보이긴 했지만 아파 보이진 않았

다. 멋쩍은 듯 웃는 그에게 성적표를 건넸다. 이 정도 역할은 했지 하
는 투로 나는 과자진열대에서 짱구 하나를 집어 봉지를 뜯었다. 그는
씩 웃고 말았다.

어른의 생각을 알 순 없지만 성수 엄마는 성수를 자꾸만 가두
는 것 같았다. 아이들끼리 자치기나 깡통 차기를 하고 놀 때도 능선
에 노을만 걸리면 어김없이 여동생 혜경이가 나타나 "오빠, 엄마가 빨
리 오래!" 하고 불려갔다. 지금 돌이켜보면 어린 날 그 '빨리 오래' 소
리가 귀소본능 강박이 되어 후에 겪게 된 비길 데 없는 절망의 시절
에도 멀리 떠나지 못하고 그를 한곳에 묶어두었는지 모른다는 생각
이 든다.

그해 5월 27일. 나는 어머니와 형제들이 방을 얻어 살고 있는 서
울의 외곽으로 전학을 갔다. 고무신을 신다 갑자기 운동화를 신은 기
분이랄까. 새로운 기분이나 각오는 익숙한 것이 주는 편함보다 오래
가지 못했다. 옮겨 심은 나무이기는 했지만 뿌리박은 토양이 그렇게
마음에 드는 것은 아니었다. 가끔 편지를 하고 방학이면 내려가 얇은
외피 속에 덮여 있는 두꺼운 촌놈의 동질을 확인하고 돌아왔다.

강의 이편과 저편을 표류하며 흘러가는 배는 어느 기슭에든 닿
게 마련. 조금씩 편지도 멀어지고 방학이 되어도 고향에 내려가지 않
는 적이 많아졌다. 그는 읍내의 인문계 고등학교에 진학을 했고 나는
검정고시생이 되어 고향의 갯둑에서 한 번 만났다. 늙은 아카시아나
무 아래 벤치에 앉아 돌아가신 자신의 아버지 얘기를 했지만 시간은

어느덧 상처를 추억으로 만들어버린 것 같았다.

반월半月의 날들

　그는 여전히 마을 개울께에서 구멍가게를 하고 있었다. 도로가 포장되고 시멘트 다리는 더 넓고 튼튼하게 세워지고 개울 건너 피댓줄을 돌리며 왕겨를 쏟아내던 방앗간은 없어졌는데 여전히 그 가게 방 안에서 성수는 청년으로 변해 있었다. 여선생이 전해주던 성적표 속에 66명에 3등이라는 숫자는 아직 내 머릿속에 선명한데 그는 가끔 어머니 대신 자전거를 타고 읍내에 나가 가게에 빠진 물건들을 채워 넣었다. 그리고 그 자전거를 타고 읍의 뒤쪽을 흘러가는 강 건너에 있는 도자기 공장에 다니고 있었다.

　그는 도자기를 빚는 아름다운 소녀를 사랑했다. 자전거 뒤에 그녀를 태우고 강다리를 건너 초등학교를 다니고 중고등학교를 다닌 길을 달려 집으로 왔다. 가게 뒤편을 잇대 방 하나를 더 꾸미고 그들은 함께 자전거를 타고 강 건너 도자기 공장으로 페달을 밟았다. 코스모스 길을 달리고 은행잎 흩날리는 가을 길을 돌아왔다. 스무 살 청년은 남매의 아버지가 되었다.

　물은 느리게 흘러가도 여울을 만들고 우리는 준비 없이 그것을 건너며 하나씩 생의 고통을 알아간다. 그러나 그에게는 모든 것이 한

꺼번에 왔다. 사소한 다툼으로 길을 나선 어머니가 교통사고를 당했다. 어머니를 찾아 나선 여동생이 그 길에서 다른 차에 치었다. 하루에 두 명의 가족을 앗아간 길에서 아장거리며 세발자전거를 타던 아들을 또 잃었다. 가혹하다는 말조차도 가혹한 절망 속에서 무슨 힘으로 그가 삶을 헤엄쳐왔는지 나는 알 길이 없다. 자신의 거처를 버리고 낡은 트럭에 솥단지를 얹는 자도 마음에는 희망이 있는 것이다. 떠나갈 힘조차 남아 있지 않은 것인지 울 밖의 세상이 무서운 것인지 그는 계속 그 길가에서 살았다.

고향을 떠난 자들은 바람처럼 그의 소식을 들었다.

하현 下弦

성장 成長

초승달은 크고 깜깜한
하늘이 무서워
초저녁 얕은 하늘가에서
엄마를 기다리다
혼자 조금씩 성장하여
깊은 밤도 무섭지 않은

그를 만났다. 그의 눈은 너무 깊어져서 오래 들여다볼 수가 없었다. 모자를 벗고 웃으며 자신의 대머리를 보여주었다. 우린 이미 오십 가까운 나이가 되어 있었다. 그는 고향마을에서 얼마 떨어지지 않은 읍내 변두리에서 닭 튀김집을 하고 있었다. 가게 벽면에 조립식 앵글을 설치하고 아이들 과자와 소박한 생필품을 진열해 놓았다. 그는 아직도 구멍가게의 인연을 완전히 정리한 것이 아니었다. 자신이 난 터에서 자라고 그 길에서 뼈아픈 상처를 받고 그래도 묵묵히 그 길을 걸으며 자신을 치유하고 삶을 꾸려나가는 친구의 모습을 보며 유년의 핏줄로 연결된 깊은 정이 내 혈관을 뜨겁게 했다.

그는 자신의 배달차를 운전하여 내가 기거하는 치악산 움막까지 태워다주었다. 오천 원 만 원짜리가 뒤섞인 오만 원을 내 손에 쥐어주며 산길을 내려갔다. 나는 그에게 아무런 할 말이 없었다. 그의 모습이 사라지고 아직 달이 떠오르지 않은 계곡의 검은 허공에 혼자 중얼거렸다. 자신의 삶을 사랑하라! 나는 지금 저렇게 고통을 통과한 자와 같이 살아 숨쉬고 있는 것이다.

숲에서 내가 가진 마당은 열 평 남짓하다. 산의 경사를 따라 층층이 자리 잡은 나무와 풀과 바위들의 세상인 이곳에서 마른 흙이 다져진 유일한 수평의 공간이다. 아침이면 방문을 열고 나와 이 작은 마당에서 기지개를 켜고 몸을 깨우며 이슬 묻은 숲이 뿜어주는 맑은 공기를 마신다. 첩첩이 둘러싸인 능선과 골짜기마다 어둠을 걷어낸 나무들이 고요하고 싱그러운 모습으로 같은 자리에서 새로운 아침을 맞이하는 것을 보면 말과 행위로 소통할 수 없는 자연의 존재들이지만 늘 서로를 보아주는 것 같은 위로와 안도감이 생긴다.

마당에서 작은 계곡으로 이어진 쪽으로는 호스로 물을 끌어다 먹는 급수대가 있는데 커다란 함지박에 물이 항상 찰랑이며 흘러넘친다. 이곳은 세면장이고 수건이나 양말을 빠는 빨래터이고 여름에는 바가지에 물을 떠 끼얹는 샤워장이기도 하다. 마당 귀퉁이에서 꽃밭을 가로지른 빨랫줄에는 몇 개 되지 않는 옷들이 걸려 있고 잠자리가 줄지어 앉거나 박새 콩새들이 날아와 쉬기도 한다. 산나물을 데치고 햇감자나 고구마를 쪄먹는 화덕 솥에는 가끔 방문자들이 찾아

와 닭백숙을 하거나 된장을 풀고 호박잎을 따다가 수제비를 한 솥 끓이기도 한다. 산비탈에 흩날리는 벚꽃 잎이 흩어지고 가랑잎이 쌓이고 밤새 흰 눈을 덮고 아침을 맞아주는 작은 마당은 자연을 바라보고 감상하는 내 작은 책상이다.

해마다 장마가 지나가면 마당에도 비의 흔적이 남아 고운 흙이 쓸려가고 여기저기 잔돌이 드러나 울퉁불퉁하게 된다. 산비탈에는 멧돼지가 칡뿌리를 캐먹느라 파헤친 구덩이가 있는데 그곳에서 질 좋은 황토를 퍼다 마당에 덮는다. 지게에 삼태기를 얹고 가서 한 삽씩 흙을 퍼서 마당에 펼치면 흙의 속살을 덮은 작은 황토마당이 새롭게 생겨나고 부드러운 감촉 위에 누렇게 바랜 밤나무 가랑잎이 무늬를 새기듯 팔랑이며 떨어진다.

찬이슬 내리는 절기가 지나고 서리가 내린다는 날이 다가온다. 알밤을 모두 뱉어낸 마당의 밤나무가 바람에 으스스 이파리를 떨군다. 중천을 홀로 건너가는 달이 낮에 뿌려놓은 촉촉한 황토마당의 뽀얀 얼굴을 비춘다. 마당으로 나가 어린 날 기차놀이를 하듯 총총거리며 흙을 밟는다. 앞사람의 옆구리를 잡고 발을 맞추며 기차놀이를 하던 동무들이 떠오른다. 하나씩 둘씩 서로의 손을 놓고 멀어져가는 것. 어느 날 돌아보면 홀로 뒷짐을 지고 중천에 떠가는 달을 보고 있는 것. 벌써 그런 나이가 되었다. 저 추억의 덩어리를 등에 업고 재우듯 천천히 마당을 밟으며 서늘한 가을밤을 건너간다.

지금이
어느 땐데!

"야, 집에 텔레비전 있냐?"

"아니 형! 아무리 산속에 살지만 전기가 들어오는데 텔레비전 없는 집이 어디 있어요?"

"이따 오후에 성안이하고 내려간다?"

이렇게 뜬금없이 전화하고 아무렇지도 않게 끊는 재희 형은 서울에 산다. 한 계절에 한 번 혹은 일 년이나 이 년에 한 번 불현듯 찾아와 씀바귀 두릅 산 더덕 몇 뿌리 캐서 툇마루에 앉아 연둣빛 보자기를 펼치는 능선을 바라보며 점심을 먹고 올라가기도 하고, 가랑잎이 누렇게 물들고 아무도 밟는 이 없는 낙엽이 오솔길을 덮을 때 가을 나그네처럼 홀로 산책하듯 올라와 낡은 LP판을 틀어놓고 음악 감상을 하기도 한다. 180센티미터는 넘을 듯한 큰 키에 옅은 바다색이 들어간 뿔테 안경을 썼는데 안경다리에 묶어 목 뒤로 늘인 안경 줄은 근 십 년이 넘는 형의 패션이다. 형은 매사에 느긋하고 말수가 적다. 느긋하다는 말은 느리다는 것이 아니라 상대의 말을 끝까지 듣는 배려와 인내심이 있다는 말이다. 어느 순간에도 남의 말을 끊지 않고 들어주는 형의 눈빛은 급히 말하다 제 말에 걸려 버벅대는 나 같은 사람을 자주 하수로 만들어버리는 여유가 있다. 오래 듣고 짧게 말하는 형의 답변은 명쾌하고 주로 개그로 끝을 맺는다.

　　몇 년 전 형과 둘이 마루에 앉아 밥을 먹는데 저 밥을 다 먹을까 싶게 느릿느릿 젓가락질을 해 된장국에 밥을 말아 후루룩 먹어버린 나는 물까지 떠다놓고 상머리에 앉아 형의 밥 먹는 모습을 본다. 아직도 반이나 남은 밥을 취나물에 한 쌈 풋고추에 한 입 먹으며 형이 무슨 말을 하려는지 제 풀에 먼저 웃는다. "야, 용주야 있지 사람이 밥 먹는 스타일하고 밤에 하는 일하고 똑같단다. 너! 너처럼 밥 먹는 스타일은 밤일도……" 낄낄거리며 밥상을 물리고 형이 마당에서 세수를 하는데 맹물로 얼굴을 씻고 비누로 씻고 왼쪽 귀 오른 쪽 귀 하나씩 씻고 다시 맹물로 헹구고 그 다음에 머리를 감는다. 수건을 들고 마루에 앉아 바라보다 또다시 혼자 낄낄 웃는다. 그날 밤 새벽 두 시가 넘어 이불 위에서 맞고를 치는데 이 얘기 저 얘기 섞어가며 둘이서도 시간 가는 줄 몰랐다. 그러다가 형이 한 번 크게 났는데 점백짜리 고스톱에 112점을 나고 이건 기념할 만한 사건이라며 벽에다가 볼펜으로 표시를 해놓았다. '2008년 9월 28일 옳다구나! 112점' 아직도 벽에 형의 그 낙서가 있어 어느 밤에 혼자 보고 웃는다.

　　오후에 형과 성안이 형이 올라왔다. 학교 선배인 성안이 형은 정말 오랜만이다. 형을 생각하면 맹렬한 데모 대열의 맨 앞에서 구호를 외치며 시절의 절망에 항거하던 모습이 떠오른다. 신념을 굽히지 않고 민주화에 열정을 바친 형은 학생 시절에 수배와 실형을 겪은 그 세계의 거물이라 나 같은 어중떼기와는 자주 만날 기회가 없었다. 시절이 변하여 자신의 젊은 날을 각자의 입장에서 변론하고 포장하고 유야무야 어울려 넘어가지만, 같은 시대의 청춘기를 넘어온 연배로서 성안이 형 같은 사람을 마주할 때는 제 것도 아닌 것을 팔아먹다 들킨 것처럼 내면의 열등감을 느끼기도 하고 남의 밥그릇을 덜어 제 배를 채운 뒤에 오는 자의식 같은 것이 생겨나기도 한다. 강성의 이미지로 남아 있던 형을 사적인 자리에서 만나니 반갑고 먼 길을 찾아 준 것이 고마웠다.

때마침 일터를 따라 제천에서 하숙하고 있는 유환이가 고기 한 덩어리를 싸들고 올라왔다. 마당에 모닥불이 펴지고 고기를 굽고 즐거운 식사를 하는데 마른하늘의 날벼락처럼 소나기가 쏟아졌다. 높은 산중의 움막에서 인공의 소리가 섞이지 않은 빗소리를 듣는 것도 도시에서는 경험하기 힘든 것이라 즐거운 마음으로 비 구경을 했다. 거기까지는 아주 잘된 일이었는데 오락가락하던 빗줄기가 밤 아홉시를 넘기자 벼락과 번개를 동반한 폭우로 변했다.

천둥과 벼락이 문제가 아니라 축구가 문제였다. 오늘은 밤 열한시에 사상 첫 월드컵 16강에 올라 온 나라를 들뜨게 한 우리나라 축구가 8강을 놓고 우루과이와 격돌하는 날이다. 그것을 못 볼까 걱정이 된 재희 형은 전화로 텔레비전 있냐고 확인까지 한 것이다.

슬슬 시간이 가까워지고 미리 나온 아나운서가 오늘의 경기를 예상하고 광장마다 모인 거리응원의 열기를 전하며 흥분을 고조시켰다. 드디어 두 줄로 늘어선 선수들이 어린이들의 손을 잡고 운동장으로 진입을 할 때 부부젤라 소리는 절정으로 치닫고 산중의 네 사람도 흥분하여 칙칙거리는 텔레비전 앞으로 바짝 다가앉았다. 바로 그때 머리 위로 폭탄 터지는 소리가 나고 어둠을 찢는 벼락소리가 들리더니 뚝 하고 전기가 나가버렸다. 금방 들어오겠지 하는 희망과 축구를 아주 못 볼 것 같은 초조감에 싸인 네 사내의 얼굴이 칠흑 어둠 속에 켜진 촛불에 일렁거렸다. 텔레비전을 두드려보고 변압기를 확인하고 안절부절못하고 웃음도 나고 분주한데 유환이가 벌떡 일어나더니 바깥 흙벽에 걸린 라디오를 떼 내와서는 코드를 뽑고 건전지를 꽂아보고 궁리를 하였다. 평상시에 그렇게 느긋한 재희 형은 서울 형수님한테 전화를 걸어 지금 어떻게 되고 있는지 물어보았다. 형수님의 전화로 중계를 들으며 박수를 치고 탄식을 하고 그야말로 70년대식 촌극을 벌이고 있다가 갑자기 재희 형이 전화기를 들더니 한전에 대고 소리를 질렀다. "지금 때가 어느 땐데 이 순간에 전기가 나가요!" 전화를 딱 끊고 형도 우스운지 킬킬 웃었다. 아무튼 날이 밝으면 바로 해결해주겠다는 전화국 직원의 말을 야속하게 들으며 결국 축구를 보지 못하고 네 명이 고스톱으로 날밤을 샜다.

"재희 형, 이것도 기록해둘 만한 사건인데 벽에다 적어놓아야 하는 거 아녀!"

모두가 웃으며 날이 훤해지고야 제 잠자리를 찾아 뒤척였다.

산정묘지

사람 다닌 흔적은 없고 산짐승의 오솔길만 끊길 듯 이어진 움막 주변 산속을 다니다 보면 몇 기의 무덤을 만나게 된다. 대부분의 무덤은 사람의 길이 지워진 것처럼 남아 있는 자들의 마음에서도 지워져 둥그런 형태만 유지한 채 칡덩굴이나 억새로 뒤덮여 있다.

인적 없는 숲에서 버섯처럼 고요하게 솟아 있는 이런 무덤을 보면 처음에는 조금 섬뜩하고 무서운 생각이 들기도 한다. 그러나 땔감을 하거나 두릅 같은 것을 따러 다니며 한두 번 마주치다 보면 차츰 익숙해진다. 그들을 본 적도 없고 또 생과 사가 서로 다르지만 깊은 산속 같은 별과 바람소리의 공간 속에 있다는 친근감이 느껴지기도 한다.

어느 때부터인지 그런 무덤 옆을 지나갈 때면 웅크리고 해바라기를 하는 노인에게 인사를 하듯 "안녕하세요!" 혼잣소리를 하며 지나간다. 마른 가랑잎이 우수수 떨어져 허물어져가는 봉분에 쌓이고 잎들이 떨어진 나뭇가지도 늙은 노인처럼 보여 그 사이로 언뜻 비치는 파란 하늘이 도리어 허전하고 적막해 산 자와 죽은 자의 거리를 가늠할 수 없는 공허한 마음이 든다.

　그 무덤의 어느 쓸쓸한 자리 하나에 자신을 뉘어본다. 잠시 호흡을 끊고 죽음을 흉내 내어 눈을 감는다. 예측할 수 없는 어느 날 이것은 진짜로 일어날 것이다. 묵묵하게 살자. 행복이 무엇인지도 모르면서 자신을 들볶던 날들이 있었다. 돌이켜보면 그때는 늘 괴로웠다. 때론 그 괴로움이 자신을 좀 더 나은 길로 이끌기도 했고 조금 풍요로운 밥상을 차려주기도 했다. 그러나 끝까지 가기에 그 길은 멀고 힘에 부쳤다.

　산속에 홀로 살고 있는 나에게 어떤 이는 묻는다. "행복한가요?"

　나는 생각해본다. 그리고 혼잣소리로 말한다. "나는 꼭 행복해야 하는가?"

　오늘이 어제와 다르지 않고 내일이 또 오늘과 다르지 않다는 것이 얼마나 평화로운 일인가.

달빛과
돌배나무

움막으로 오르는 오솔길. 마지막 계곡의 징검다리를 건너면 가파른 언덕길이 나온다. 거기에 담쟁이덩굴을 친친 감은 아름드리 전나무 수십 그루가 비탈에 서 있다. 외출에서 돌아오는 밤, 한 줄기 불빛으로 휘어진 오솔길을 밝히며 전나무 숲을 헤치고 올라오면 검은 물에 잠긴 호수 같은 산자락에 말할 수 없이 깨끗하고 둥근 달이 떠 있는 것을 만나기도 한다. 고단한 이의 이불깃을 고쳐주며 묵묵히 바라보는 눈빛처럼 달은 나무와 풀과 덩굴들 여러 가지 형상을 한 바위와 새들이 깃을 내린 가시덤불을 비춘다. 이 맑고 고요하고 투명한 밤의 정경 속에 홀로 있을 때 나는 어떤 알 수 없는 섭리에 의해 지금 이 자리에 있는 것 같은 감사의 마음이 우러난다. 쓸쓸한 자신에 대한 연민과 더불어 생겨나는 알 수 없는 충일함. 은은한 먹빛 밝음에 숲의 모든 사물이 침묵하고 오로지 움직이는 동물 하나인 내 거친 숨소리만 먹먹하게 귀를 울린다. 이슬 젖은 풀잎과 충분히 휴식하는 나무들이 호흡하는 맑은 공기를 마시며 달빛 강을 흘러가듯 길을 걸으면 낮의 이면인 밤이 그려놓은 흑백 수묵화의 아름다움에 취해 외로움도 두려움도 모두 사라져버리고 나는 그냥 걷고 있는 하나의 사물이 된다. 설령 내가 삶의 다른 선택으로 이 숲을 떠나게 된다 할지라도 저 달빛능선의 고요하고 아름다운 풍경은 잊을 수 없을 것이다.

이 언덕길에 돌배나무 한 그루가 있다. 외따로 있는 한 그루의 돌배나무는 돌담 기울어진 오막살이 한 채를 떠올리게 한다. 험준한 능선 산자락에 화전의 터를 잡은 가난한 부부. 낮은 담을 쌓고 구들을 들이고 샘물을 길어 나물죽을 끓이며 살아간다. 고단한 잠 위로 달빛은 건너가고 계곡의 밤물은 산 벚 꽃잎을 띄워 흘러가고 수수 꽃 같은 아이들이 자란다. 콩 한 자루 등짐 메고 능선 넘어 장에 간 아비는 오지 않고 등잔불 그을음만 흙벽에 흔들린다. 그런 세월이 흘러가고 돌담은 허물어지고 화전에는 망초와 잡풀이 돌아왔다. 돌배나무는 홀로 자라 꽃을 피우고 돌배를 맺었다. 빈 집에 남은 노인처럼 돌배나무는 늙었다. 그러나 오늘 같은 달밤이면 세월을 잊는다. 주름진 몸에 새잎을 달고 가지마다 주렁주렁 달의 아이를 갖는다. 어디선가 꼭 본 것 같은 저 늙은 돌배나무.

어린 날 무서운 화장실에서 누이와 엉덩이 맞대고 쪼그려 앉아 있으면 달빛 가루 꽃등을 달고 서 있던 그 늙은 돌배나무. 이제 장에 간 내 아버지는 영원히 오지 않고 환한 기억의 꽃들이 오늘 밤 저렇게 피었다.

물들어
가는
것들

문득, 바람이 서늘하다고 느낄 때 계곡의 물은 줄어 소리가 맑아지고 여름의 방문자들이 둘러앉아 웃음을 풀어놓던 플라스틱 탁자에는 가랑잎이 내려앉는다. 밤송이가 툭툭 알밤을 뱉어낼 때 가장 먼저 물드는 산 벚나무 잎사귀는 하나 둘 붉어지기 시작하고 오솔길에 깔려 있는 질경이는 씨앗을 맺는다. 무성한 것은 무성한 대로 작고 여린 것들은 연약한 대로 자신의 생을 이어갈 열매들을 제 안에 간직하고 있다.

칡이나 다래덩굴 같은 줄기식물들은 잎사귀가 떨어지지 않은 채로 말라가고 밤나무 굴참나무 잎사귀들은 한 순간 누렇게 물들어 바람이 불 때마다 우수수 흩날린다. 다람쥐만 지나가도 바스락 소리를 내는 활엽 단풍들이 마른 풀들과 길을 덮으면 가지를 드러낸 나무들이 새파랗게 물든 하늘을 향해 마른 몸을 세우고 바람을 마신다.

이제 가을이 깊었다. 홀로 느낄 때 하늘에 가장 높이 닿은 우뚝한 전나무가 그 푸르고 뾰족하던 침엽들을 노랗게 물들이기 시작한다. 그 큰 나무 아래 서면 노란 쟁반에 부드럽게 깔린 잎들이 발바닥

을 받쳐주어 소리 없는 내 몸도 무게를 느끼지 못해 어느 한 나무에
서 떨어진 가벼운 열매처럼 느껴진다. 왜 모든 가을은 생의 마지막
가을처럼 느껴지는가. 마음이 허기져 순해지는 계절이 또 돌아왔다.

전나무 삭정이를 주워 지게에 지고 낙엽 길을 돌아온다. 다람쥐
한 마리 알밤을 물고 길을 건너간다. 아직 노란 속이 차지 않은 텃밭
몇 포기 배추 위로 산뽕나무 잎들이 툭 툭 떨어진다. 저 거친 배추
몇 잎으로 속을 채우려는 마음속에도 온전한 평화를 들여놓을 자리
가 없다니 삶은 얼마나 구비 많은 오솔길인가.

오늘 나는 나뭇잎 한 장으로 물들어 바람이 데려가는 곳으로
간다. 시간 앞에 겸손한 이 순응의 하루가 내 정신을 좀 더 먼 곳으
로 데려가주리라.

화가의
사과

　　홀로 살고 있는 사람에게는 양이 많다 싶은 선물이 왔다. 택배로 보낸 사과상자에는 올봄에 소백산 자락 어디쯤 사과나무가 심어져 있는 작은 땅을 구해서 거처를 옮긴다는 소식을 주었던 이눌웅 화가의 이름이 적혀 있다. 상자 속에는 작은 메모지 한 장이 붙어 있었다. "이 사과는 소백산자락의 바람과 햇볕과 이슬을 받으며 자랐습니다. 농사 경험이 없는 저의 첫 수확입니다. 맛있게 잡수시길 바랍니다. 껍질째 그냥 드셔도 안전합니다!" 살짝 웃음이 나기도 하는 메모를 읽으며 아직 가보지 못한 산비탈 그의 작은 과수원과 손수 지었다는 작업실을 내 나름의 상상으로 그려보며 사과 하나를 껍질째 베어 문다. 한 눈에 보아도 가게에서 파는 사과보다는 작고 껍질이 거칠어 보였지만 아삭아삭 씹히며 입안 가득 고이는 싱싱한 단물은 건강한 야생의 사과를 씹는 것 같은 상쾌함을 주었다. 내가 처음 산으로 들어와 망촛대 우거져 있던 텃밭을 일구고 감자 몇 고랑과 오이 호박 같은 채소들을 심고 그것들이 꽃피우고 열매 맺는 것을 바라보면서 손수 씨 뿌린 것들에 대한 애정과 별다른 거름 없이도 생명을 키워

내는 흙의 경이로움에 감탄하던 생각이 났다. 인간이 관여하지 않아도 자연은 이렇게 향기로운 열매들을 맺는다는 지극히 평범한 사실. 그걸 알면서도 간섭하지 않으면 견디지 못하는 조바심이 자연의 나무들을 열매 맺는 기계로 만들고 결국은 병들게 한다. 그렇게 병들고 나서야 다시 잎이건 열매건 뿌리건 자연산을 찾아 헤매는 되풀이를 한다.

물론 모든 것을 다 자연에 맡기고 구경만 하지는 않았겠지만 농사를 지어본 경험이 없는 화가는 농약을 제때에 치지도 못했고 가지치기나 거름주기를 제대로 하지 못해서 처음에는 불안하기도 하고 옆집 과수원의 사과나무와 자신의 사과나무를 비교하며 무모함을 후회했을지도 모른다. 그러나 햇볕과 이슬과 바람의 젖을 먹고 흙의 양분을 빨아들인 사과나무가 단단하고 야무진 사과를 주렁주렁 달아놓았다. 그것이 얼마나 감사하고 경이로웠으면 사과상자에 "바람과 햇볕과 이슬이 키워 놓은 사과입니다"라고 공을 돌려놓았을까 생각하니 그 애틋한 마음이 사과 한 입에 전해져왔다.

우리가 처음 만났을 때 화가는 서울의 한 고등학교에서 미술을 가르치는 선생님이었다. 학생들을 가르치는 것과 자신의 예술세계에 전념하고 싶은 열망에 고민하고 있는 중에 우연히 치악산의 내 움막에 들르게 되었단다. 별다른 생계수단도 없이 벌이나 몇 통 치면서 게으르게 살아가는 이런 모습도 어떤 이에게는 중대한 결심을 하는 계기가 될 수도 있는 것인지 그 다음 해에 선생님은 오로지 화가의 모습으로만 이곳을 다시 찾았다. 가늘고 굳은 입술과 뿔테 안경 너머의 차분한 눈빛은 그가 냉철하고 의지에 찬 사람임을 금방 알게 했다. 몇 번의 방문을 하고 교류하는 동안 변하지 않는 진지함과 절제된 몸짓은 절실한 것 없이 흘러가는 대로 내어 맡긴 것 같은 내 생활을 돌아보게 했다. 이것이 비록 내가 선택한 삶의 대가로 얻어진 자유이지만 자신만의 시간을 얻을 수 없어 힘들어 하는 이들이 많이 있다는 것을 기억하게 하는 마음을 갖게 했다.

사과를 혼자 다 먹을 수가 없어 우연히 들른 등산객이나 몇 사람의 방문객들에게 다섯 개씩 나누어주었다. 그들이 맛을 보며 오랜만에 먹어보는 꿀 사과라고 찬사를 보낼 때 마치 내가 가꾼 것처럼 기분이 흐뭇했다. 며칠이 지나고 이눌웅 화가한테서 전화가 왔다. 농협 직판장에서는 별로 상품 가치를 인정받지 못했던 사과를 맛이나 보라고 보내준 지인들에게서 전화가 빗발쳐 올해 처음 수확한 얼마간의 사과를 모두 수매할 수 있었단다.

사람의 손길에 가꾸어지는 생물은 조금씩 그 사람과 닮아 있다. 사람보다 자연의 손길을 더 많이 받고 자라는 그의 과수원에서 건강한 야생의 사과가 자라고, 사과나무 잎들이 떨어지고 나무가 잠을 자는 깊은 겨울 눈 덮인 그의 그림 작업실에는 장작난로 연기가 피어오르고 그가 오래도록 꿈꾸었던 자신만의 세계가 고요한 밤처럼 화폭 위에 깊게 드리워지길 바란다.

가랑잎
하나

이곳을 방문하고 돌아간 사람들은 가랑잎 엽서 한 장을 마음에 품고 돌아간다. 그들의 도시에 가로수 잎이 물들고 정거장에서 모르는 사람들이 각자의 버스를 향해 뿌리치듯 떠나갈 때 문득 허전한 주머니에서 전화기를 꺼낸다. 그 허허로운 엽서 한 장은 한 번의 가을이 지나간 후에 혹은 두 번의 가을이 지나간 후에 적막한 내 숲속의 움막에 도착한다. "잘 지내는가, 군불은 땠는가!"

도시에서도 숲속에서도 근원이 고독한 이 계절의 쓸쓸한 안부를 듣고 나는 다시 등불을 켜고 커피 물을 끓인다. 한 그릇의 물이 끓고 침묵하는 방. 오늘 밤은 다시 잠들지 못할 것이다. 문풍지 사이로 차가운 소리를 밀어놓고 바람이 지나간다. 싸르락 싸르락, 빗소리 같고 싸락눈 소리 같고 가랑잎 떨어지는 소리 같은, 작은 알갱이 소리가 함석 차양에 구른다.

그대도 지금 막 버스에 몸을 싣고 어딘가 그대의 길로 가고 있는가! 아니 지금쯤 밤이 떨어뜨려놓은 마지막 가랑잎이 되어 몇몇의 불이 꺼지고 혹은 켜진 어느 아파트의 모퉁이 포장마차에서 맹물 같은 소주 한잔 걸치는가.

오늘 그대의 시 한 편 읽는다.

오리의 살림

정병근

비 오는 강에 오리들이 떠 있다
쑥쑥 미끄러지며 다니는 것 같지만
수면 밑, 오리의 발은 바쁘다
"허벌나게"라는 말이 딱 어울리게,
호미 같은 머리를 물속에 박았다 뺐다 하며
먹이를 찾는다 머리를 박고 있는
잠깐, 동안
오리는 다른 오리들과 단절된다
혼자 허기를 채워야 한다
컴컴한 물속에서 숨을 멈추고
재빨리 수초나 모래를 훑는다
머리를 빼는 오리는 무얼 먹었는지
다른 오리들에게 말하지 않는다
도란도란 함께 강을 떠다니며
머리를 박았다 뺐다 반복하는 오리들
잠깐씩 눈앞이 캄캄한 오리들
저 밭을 언제 다 매나, 빗줄기는 점점 세지고
어디엔지 모를 그들의 살림이
빗물에 흥건히 젖는다

벌써 이 년 전인가. 원주 시외버스터미널 앞 후박나무가 서 있던 막국수 집에서 아침도 점심도 아닌 어정쩡한 때를 에우며 후루룩 후루룩 물 막국수를 먹고 헤어졌지. 당신이 비오는 강물에 떠 있는 한 마리 오리같이 느껴질 때 나는 이 숲의 어느 가랑잎 하나라고 생각하며 산다. 버스를 타고 지하철을 갈아타고 작은 출판사로 출근해서 아침이 어색하고 자리가 어색하고 삶이 어색해서 자꾸만 서랍을 열어 시 한 편의 메모를 들춰보는 그대가 떠오른다.

어릴 때 집성촌에서 자라며 근 십 리는 떨어진 이웃마을로 밤마실 가는 길에 푸른 초원처럼 펼쳐진 겨울 보리밭이 있었다며 희미하게 웃었지.

아직 포장마차에 있나 그대, 겨울 보리밭 길을 홀로 가듯……!

밤에는 뒤척이는 강물처럼 잠을 이루지 못했다. 잎들을 떨어뜨린 겨울나무를 흔들며 바람은 이따금씩 처마에 달린 풍경을 울리고 떠나가고 침묵하는 검은 능선을 내려다보는 별들의 얼굴에는 안개 같은 혹은 구름 같은 차가운 대기가 흘러가고 있었다. 마당에 찍힌 발자국은 딱딱하게 얼어 접시에 담긴 물처럼 얼음을 담고 있다. 내리던 눈이 잠시 그치고 이제 깊은 밤이 되면 눈은 저 홀로 다시 이 숲을 찾을 것이다. 고요 속에 이따금 귀를 기울여 강아지 집에서 나는 소리를 확인한다. 어미젖을 찾아 찡얼거리는 강아지 소리를 듣는다.

자신도 세상에 태어난 지 여덟 달밖에 안 되는 어린 어미가 새끼를 낳았다. 군불을 지피는 저녁연기가 일찍 어둑해지는 겨울 숲으로 흩어지고 하늘에서 아주 작은 눈송이가 열 개씩 스무 개씩 그리고 수백 개 수천 개씩 내리기 시작할 때. 억새풀을 한 아름 베어다 넣어둔 집에서 끄응 제 아픔을 다스리며 진통을 하더니 작은 뱃속에 품고 있던 네 마리의 생명을 눈 내리는 세상에 내어놓았다.

어미가 눈을 처음 본 날, 새끼는 생일을 맞은 것이다. 북어포를

넣은 미역국을 끓여 식히고 따듯한 밥을 지어 가지고 가니 고물거리
는 새끼에게 젖을 물린 채로 고개를 돌려 미역국을 받아먹는다. 그
대견하고 쓸쓸한 눈빛을 쳐다보니 문득 우리는 이 세상에서 한 마디
대화도 나눠보지 못한 식구였다는 안쓰럽고 뜨거운 애정이 솟아 가
만히 머리를 쓰다듬어주었다.

아침 방문을 연다. 내가 잠든 동안 어린 새끼와 어미의 시린 등
위로 눈이 이불을 덮어주었다. 삶을 너무 힘겨운 것이라고 생각지 말
라고 겨울나무들은 제 몸을 흰 꽃으로 만들었다. 내가 생각하지 않
는 동안에도 염려하고 격려하고 위로해주는 눈길이 있다는 것. 외로
움이란 그런 것들을 가끔 잊어버리는 것이다. 그리고 그리움이란 어
느 날 문득 그런 것들을 떠올리는 것이다.

따듯한 국밥 한 그릇 들고 문 앞을 덮어놓은 담요를 살짝 들춘
다. 새끼 네 마리 고물고물 씩씩하게 어미젖을 빨고 있다. 고맙다. 인
제 됐다!

　가끔 도시에서 온 방문자들이 불을 땐다고 부엌에 들어가 장작을 잔뜩 집어넣고 빈 가마솥을 벌겋게 달구어놓는 경우가 있다. 아궁이에 불을 지피려면 먼저 가마솥 뚜껑을 열어 물이 들어 있는지 확인한다. 며칠 사용하지 않은 물이 조금 남아 있으면 바가지로 긁어 솥을 비우고 새물을 길어다 붓는다. 쓰지 않는 물을 자꾸만 끓이면 녹물이 우러나기 때문이다. 겨울에는 이 물을 가지고 설거지를 하고 얼굴을 씻고 걸레를 빨아 방바닥을 닦는다. 가마솥에 맹물을 데우는 일은 문고리에 손이 쩍쩍 달라붙는 겨울 생활의 중심을 잡아주는 중요한 하루 일과다.

　어린 시절 부엌에는 작은 솥 두 개와 커다란 가마솥이 걸린 아궁이가 있었다. 아침이면 일어나기가 싫어서 엉금엉금 아랫목으로 기어가 이불을 덮어쓰고 어디가 좀 아프기라도 했으면 좋겠다고 생각을 꼼지락거리고 있을 때 아버지가 가마솥에 물을 데우는 연기가 문풍지 사이로 매캐하게 스며든다. 그제야 유세 부리듯 억지로 일어나 마당에 놓인 세숫대야를 달그락거리며 따듯한 물 한 바가지로 고양이 세수를 하고 학교엘 갔다. 가마솥에 데워진 물 한 바가지가 하루의 시작이고 하루의 마무리였다. 그때 아버지가 하던 일과를 이제 내가 그 나이가 되어 깨울 아이도 없이 매일 빈 부엌으로 들어가 맹물을 가득 부은 가마솥에 불을 지핀다.

작은 아궁이 하나에 활활 타오르는 장작불꽃을 피워 올리는 것에도 순서가 있다. 이제는 요령이 생겨 솔가리 한 줌에 불을 붙이면 꺼뜨리지 않고 불씨를 살려내지만 처음에는 그것이 그리 만만한 일이 아니었다. 장작부터 잔뜩 집어넣고 불을 붙이려고 종이박스를 태우기도 하고 입으로 불고 쓰레받기로 부채질을 하기 일쑤였다. 타지 않는 불은 연기도 많아 눈물을 찔끔거리고 기침을 하며 부엌을 뛰쳐나와 심호흡을 하고 다시 불을 붙였다.

지금 부엌에는 세 종류의 나무가 쌓여 있다. 소나무나 전나무의 삭정이 한 짐 그리고 미리 패놓아 마른 장작과 아직 마르지 않은 생나무 장작이다. 불을 붙일 때는 맨 아래 삭정이를 잘라서 놓은 다음 마른 장작을 위에 얹어 놓는다. 공기가 잘 통하도록 장작을 벌려놓고 솔가리나 낙엽 한 줌에 불을 붙여 삭정이 아래 놓으면 나무는 순서대로 불꽃을 키워가며 마른장작을 태운다. 마르거나 죽어서 푸석해진 나무들은 불은 잘 붙지만 금방 타버려 방구들을 뜨겁게 달구지 못한다. 그래서 맨 나중에 젖은 장작을 불꽃 속에 던져 넣으면 지글거리는 수분을 뱉어내며 나무는 뜨거운 불꽃을 토해내고 벌겋게 타오른다. 비로소 나무토막 의자에 앉아 오래도록 불꽃을 바라볼 수 있는 여유가 생기는 것이다.

불꽃을 오래 바라보는 것. 붓끝만 한 불씨 하나에서 일어나 죽은 가지를 태우고 마른 나무를 태우고 퍼렇게 살아 김을 내뿜는 생나무를 태워버리는 걷잡을 수 없는 저 생명력을 바라보는 것. 그러고는 마침내 시뻘건 잉걸을 보여주고 서서히 재가 되어가는 과정을 묵묵히 바라보는 것. 그 앞에서 일어났다 사라지는 생각의 생성과 소멸도 이와 같다. 무엇을 계획하고 불 앞에 앉아도 어떤 격정에 휩싸여 불 앞에 앉아도 불꽃은 모든 생각을 지워버리고 결국은 활활 타오르는 저 불의 형상만을 바라보게 한다.

오래 바라본다는 것은 시작도 끝도 없이, 어떤 것에 단정 지음이 없이 그저 바라보는 것이다. 이제는 사람도 삶도 그렇게 묵묵히 바라보고 싶다.

샘물

　겨울은 물이 귀한 계절이다. 나무들이 잎을 모두 버리고 풀들이 제 몸을 말려 뿌리로만 긴 겨울을 건너갈 준비를 마치면 큰 골로 흘러드는 작은 계곡의 물줄기들은 말라버리고 바람에 뒹구는 가랑잎들이 소복하게 쌓인다. 호스를 연결해 물을 끌어다 먹는 마당 건너편의 계곡도 물줄기가 끊겼다. 마른 계곡을 따라 올라가면 다행히도 물기가 완전히 마르지 않고 돌틈 사이로 샘물이 흘러 손바닥만 하게 고여 있는 물웅덩이가 몇 군데 남아 있다. 그중에 한 곳을 골라서 모래흙을 퍼내고 돌을 들어내면 작은 물길이 생겨 졸졸거리며 샘물이 흘러나온다. 한 양동이 정도의 물이 고일 만큼 웅덩이를 파고 바닥에 잔돌을 깔아놓으면 겨우내 물은 마르지 않고 항상 그만큼의 양을 채워놓는다.

　깊은 겨울눈이 펑펑 내려 온 산이 하얗게 덮이고 겨울나무들은 제 형상대로 눈꽃을 만들어 고요하게 서 있는 아침. 아무도 밟지 않은 순백의 융단에 첫 발자국을 내며 작은 샘가로 간다. 동그랗게 얼어 있는 얼음 위에 쌓인 눈을 손으로 치우고 뾰족한 돌로 얼음을 깬

다. 무릎을 바닥에 대고 양손을 뻗치고 엎드려 첫 샘물을 마신다. 맑고 차고 깨끗한 물이 목구멍을 넘어가 구불구불한 내장 속으로 내려가는 것을 느낀다. 물을 끌어다 먹는 편리함 대신 샘가로 찾아와 엎드려 먹는 이 기막힌 물맛은 숲의 한겨울이 주는 작은 행복이다. 아직 겨울이 길다. 앞으로 많은 날들을 나는 이 샘가로 찾아와 엎드려 샘물을 마실 것이다. 자신을 낮추어야 진정 귀한 것을 얻을 수 있다.

산토끼
밥상

하은이와 하영이는 자매인데 초등학교 3학년과 1학년이다. 이곳을 방문한 이들 중에 가장 어린 손님이다. 자신들의 작은 배낭 가방을 메고 소풍을 가는 토끼와 거북이처럼 아장거리며 산길을 올라온다. 그들은 도시에서 자랐기 때문에 이렇게 깊은 산속 사람이 살고 있는 곳은 처음 와본 터였다. "할아버진 산신령인가요? 머리가 그렇게 길어요?" 어린아이답게 앞뒤 말은 생략하고 질문부터 퍼붓기 시작했다. 그들의 엄마는 함께 온 일행이나 움막의 주인에게 아이들의 부산스러움이 행여 누가 되진 않을까 여기는지 자매에게 이것 하지 마라 저것 하지 마라 당부를 주었다.

어른들이 마당에 모닥불을 피워 삼겹살 구울 준비를 하고 밥상을 차리는 동안에 아이들은 마당 건너편의 작은 계곡으로 가서 자기들만의 놀이를 시작했다. 다람쥐처럼 뽀르륵 돌아다니며 호미 바가지 세숫대야 깨진 접시 이런 것들을 주워 날랐다. 바지도 걷지 않은 채로 물에 들어가 잔돌을 줍고 바가지에 물을 떠 꽃잎을 띄워놓는다. 세숫대야는 뒤집어 밥상이 되고 나뭇잎은 예쁜 접시가 된다. 그들은 어느새 부부가 되어 이랬어요, 저랬어요 하면서 존댓말을 쓰고 있다. 아무런 준비도 없이 모든 것을 구하고 부족함 없는 한 살림을 꾸려놓는다. 어느새 친해진 강아지는 식구가 되고 포르륵 날아가는 새는 손님이 된다.

아파트에 살고 있는 아이들이 아무런 주저 없이 흙바닥에 앉고 운동화를 신은 채로 물속을 첨벙거린다. 나뭇잎을 접시로 쓰고 모래알을 밥으로 만드는 것은 누가 가르쳐준 것일까? 자연 속에서 노는 아이들에게 어른들이 가르칠 것은 아무것도 없는지 모른다. 그들은 스스로 생각하고 서로 상의하고 존중하면서 재미있게 논다. 그 속에 질서가 있고 창조가 있고 예의가 있다. 어른들이 그들에게 할 수 있는 것은 무엇을 하지 말라는 것뿐이다.

아이들이 돌아갈 시간이 되었다. 아쉽게 몇 가지 살림도구를 제자리에 갖다놓고 내려가며 나에게 당부를 한다.

"할아버지 아니 아저씨! 저희가요. 물가에 산토끼 밥상을 차려놨으니 토끼가 와서 먹으면 꼭 연락해주세요!"

낡은
라디오

사전 크기만 한 작은 라디오가 한 대 있다. 안테나는 중간이 부러지고 표면은 찌그러졌어도 주파수만 제대로 맞추면 낭랑하고 맑은 목소리를 들려준다. 고전음악을 주로 틀어주는 음악방송에 주파수를 고정해놓고 듣는데 아나운서들의 차분하고 낮은 목소리와 잔잔한 고전음악 선율이 마음을 평화롭게 해주어 가끔은 라디오를 켜놓은 채 잠이 들곤 한다.

깊은 겨울밤 따듯하게 달구어진 온돌방 아랫목 벽에 등을 기대고 커피를 마신다. 문밖은 바람 한 점 없이 적막하고 삼십 년 만에 찾아왔다는 추위는 겨울 숲을 온통 꽝꽝 얼려놓고 차가운 공기로 움막을 감싸고 있다. 창고 함석지붕 끝에는 일렬로 고드름이 매달려 있고 검은 나무의 가지 끝에는 얼음 부스러기 같은 별꽃이 피어 있다. 이 밤에 멧돼지 가족이 골짜기를 지나가는지 개가 몇 번 짖는다. 있는 듯 없는 듯 들려오던 낡은 라디오에서 다시 음악이 흘러나온다.

오늘은 크리스마스이브 날. 이 산속 움막에서 홀로 여덟 번째의 크리스마스이브를 맞이한다. 가끔 사람 가득한 도시의 생맥주 집에서 조금은 비틀거리는 몸을 가누며 건배를 하던 모습들이 떠오르기도 한다. 그보다 더 오랜 시절에는 경춘선 기차가 지나가는 철로 변 서울 변두리, 이층에 세를 얻은 교회당 옥상에 남녀 학생들이 모여 크리스마스트리를 늘어뜨리고 형형색색으로 반짝거리는 불빛을 바라보며 막연한 동경으로 설레던 시절이 있었다.

중학교 2학년 때였다. 시골 학교에서 전학을 와서 도시의 아이로 편입이 되었지만 이 형식적 거주의 이전이 자연에서 뛰놀던 아이의 정신까지 도시적인 것으로 만들 수는 없었다. 아이들이 노는 방식도 다르고 성격도 쑥스러움을 많이 타서 같은 반에서 사귄 몇 명의 친구를 제외하면 동네에서는 어울리는 친구도 없이 공터를 어슬렁거리거나 빈 학교 운동장 철봉대에 매달리거나 농구를 하는 아이들을 구경하다가 돌아오는 것이 고작이었다. 그런 날들이 흘러가던 중에 동네 교회 앞에서 어깨에 띠를 두르고 주보를 나누어주는 학생들을 만나고 교회에 나가게 되었다. 화사하게 웃어주는 또래의 여학생들도 만나고 학교는 다르지만 같은 교회에 다닌다는 소속감을 갖게 된 친구들도 만나게 되었다. 학교생활보다는 이 새로운 친구들을 통해서 조금씩 도시 생활에 적응을 해나갔다. 성스러운 샘물이라는 이름을 가진 그 교회에서 첫 번째의 크리스마스를 맞게 되었다. 교회의 첨탑에 커다란 트리가 세워지고 학생들은 연극 연습을 하고 교인의 집들을 방문하여 성가를 불러줄 새벽 송을 합창하며 다가오는 크리스마스를 기다리고 있었다. 더구나 새벽 송을 함께 다닐 같은 조에는 혼자서 일기장에 이름을 썼다가 지우는 짝사랑 소녀가 있었다. 크리스마스가 더욱 기다려졌다.

학교에서 돌아오니 철문에 편지가 꽂혀 있었다. 고향친구 정수에게서 온 것이다. "영원한 우정…… 서울 생활은 잘 적응하는가? 우리 고향친구들은 너를 영원히 잊지 않을 것이다." 영원한 우정 그리움 이런 말들이 절절한 편지에는 이번 크리스마스이브에 천호동 어디에 있는 화훼농장에 취직을 한 영섭의 숙소에서 고향친구 여섯 명이 모두 만나서 재미있게 놀자는 것이다. 이런 갈등이 있나? 이제 겨우 서울에서 친구들을 사귀고 짝사랑을 하고 첫 번째 크리스마스를 설레며 기다리고 있는데 정수한테서 거절할 수 없는 편지가 온 것이다.

교회의 모든 첨탑에 크리스마스트리가 반짝이고 거리 레코드가게에서 온종일 캐럴 송이 울려 퍼지는 크리스마스이브 날이 왔다. 나는 몇 번의 버스를 갈아타고 물어물어 천호동 어디에 있는 영섭이 화훼농장을 찾아갔다. 흔들리는 버스 안에서 오늘 밤 교회에서 울려 퍼질 성가대의 웅장하고 화려한 캐럴 송과 학생들의 연극과 짝사랑 소녀와 새벽별을 바라보고 나란히 걸으며 성도의 집 불 켜진 창 아래서 새벽 송을 부르는 장면들이 머릿속을 스쳐가며 진한 아쉬움을 느꼈지만 내가 빠진 것에 그녀도 무언가 허전함을 느끼지 않을까 하는 묘한 상상을 하며 자신을 위로했다.

영섭이가 있는 화훼단지는 천호동이라는 도시라기보다는 내가 살다 온 고향 풍경에 가까웠다. 포장이 안 된 흙길을 따라 드넓게 펼쳐진 밭 위에 비닐하우스 단지가 빼곡하게 들어차 있었다. 고향을 떠난 영섭이가 그곳 어디에서 객지 생활을 하고 있다는 것을 생각하니 무언가 모를 아릿한 마음이 들기도 했다. 그래 교회 일은 잊어버리고 고향친구들과 재미있게 하룻밤을 보내자. 비닐하우스 한 동에 보온 덮개를 씌우고 꾸며놓은 방에서 영섭이는 생활하고 있었다. 저녁 다섯 시 약속 시간에 맞춰 그리운 고향친구들이 모두 모였다. 태어나면서부터 한 마을에서 자란 친구들이라 떨어져 있을 때 구구절절이 표현했던 편지의 문구보다도 만남은 금방 덤덤해졌다. 이별의 시간이 마음의 공백을 그렇게 크게 만들어놓지 못했기 때문일 것이다. 영섭이가 그래도 월급을 받는다고 주인 노릇을 한 것인지 네모난 상 위에는 몇 가지 음료수와 과자 봉지 그리고 대병 소주가 놓여 있었다. 원래가 촌에서는 모내기 날이나 밭에 간 아버지 술심부름을 하며 주전자 꼭지로 술을 배우는 터라 우리는 별 주저 없이 대병을 따서 종이컵에 건배를 했다. 조금 있으려니 비닐하우스 문이 삐죽이 열리고 학생은 아닌 것 같은 또래의 여자애들 네 명이 들어왔다. 이날을 위해 영섭이가 같은 화훼단지에서 일을 하는 여자들을 초청해놓은 것이었다. 조금은 밍밍하던 분위기에 활기가 돌고 잠시 서로를 탐색하느라 힐끗거리는 눈길이 분주해졌다. 낡은 카세트에 고고춤 테이프를 틀어놓고 몸을 흔들었지만 마음 한구석이 자꾸만 허전해지고 깔끔한 단발머리에 흰 피부의 짝사랑 그녀가 환하게 웃는 모습만 떠올랐다. 그럴 때마다 자꾸만 종이컵에 깡소주를 따라 마셨다. 밥반찬을 하던 것인지 영섭이가 고추장과 커다란 국멸치 한 주먹을 꺼내다 상에 놓았다. 어색해지면 멸치를 만지작거리며 대가리를 떼어내고 고추장을 찍어 먹었다. 저녁도 먹지 못한 속에다가 깡소주와 멸치를 자꾸만 주워 먹어서 그런지 머릿속이 빙빙 돌고 토할 것 같았다. 비닐하우스 문을 열고 나오자마자 구토를 시작했다. 깡소주가 올라오며 콧속으로 들어갔는지 골이 어지럽고 눈물이 났다. 멸치의 쓴물이 넘어오며 속을 뒤집어 구토를 멈출 수가 없었다. 입안에 멸치의 쓴물이 고였다.

눈물이 가득 고인 눈을 들어 멀리 깜빡이는 도시의 불빛을 바라보았다. 아득하게 반짝거리며 크리스마스트리의 불빛들이 가물거렸다. '저 멀리 뵈는 나의 시온성 오 거룩한 곳 아버지 집……' 나도 모르게 복음성가를 중얼거리며 마치 아늑한 집을 멀리 떠나온 탕자 같은 외로움과 자기 연민이 고인 눈물을 주르르 흐르게 만들었다. 친구들에게 말을 했는지 안 했는지도 모르고 도시의 불빛을 향해 걸어가고 있었다. 걷고 또 걸으며 머릿속에 한 소녀를 생각했다. 버스는 모두 끊기고 택시들만 쌩쌩거리며 매정하게 스쳐갔다. 지리도 모르는 도시 저쪽을 향해 무작정 걸었다. 기다란 강다리를 건너고 이제 사람들도 한산한 변두리 도시를 지났다. 어쩌다 사람을 만나면 길을 물어 길을 이어갔다. 다리가 아파오고 술 취한 정신이 몽롱해졌지만 이제는 다시 돌아가기에도 너무 멀리 왔다. 주머니를 뒤지니 백 원짜리 동전 다섯 개가 있었다. 구원처럼 백열등을 반짝이는 포장마차를 만났다. 우동 한 그릇을 시켰다. 그것은 지금까지도 내가 먹어본 것 중에서 가장 잊지 못할 한 끼 식사였다.

걸으며 날이 밝았다. 성북역으로 가는 첫 차를 만났다. 버스 요금에서 20원이 모자랐다. 다시 몇 정거장을 걷다가 무작정 버스를 세웠다. 다행히 기사님은 20원을 깎아주었다. 종점인 성북역에 내려 20분만 걸어가면 나의 시온성인 성스러운 샘물 교회가 있었다. 이제 날이 훤하게 밝아 일찍 일터로 나가는 사람들이 시내로 가는 버스를 기다리고 있었다. 후들거리는 다리를 끌고 이층 계단을 올라가 교회 문을 살며시 밀었다. 교회 안은 깊은 동굴처럼 적막했다. 고동색 단복을 입은 성가대원도 새벽 송을 돌고 돌아온 소녀도 없었다. 주체할 수 없는 허탈감이 밀려왔다.

다시 바람벽에 기대어 담배를 태워 문다. 문밖은 여전히 차고 고요하고 딱딱하다. 어제처럼 명징한 이 추억의 힘이 스스로를 위로하고 연민하는 겨울밤이 깊어간다.

구부러진
기둥

아무리 낡은 움막이라도 사람이 살고 있는 집은 쉽게 무너지지 않는다. 아궁이에 재를 긁어내면서 조금씩 흙이 떨어져나가는 부뚜막을 손질하고 산쥐들이 뚫어놓은 구멍으로 연기가 새어나오면 밤송이를 쑤셔 박고 진흙을 개어 틀어막는다. 그렇게 조금씩 수명을 연장하며 움막과 나는 느린 세월을 건너간다.

천장을 가로지른 대들보가 지붕의 무게를 견디지 못하고 휘어졌다. 당장이야 문제가 없겠지만 눈이 많이 쌓이거나 장마철에 폭우가 쏟아지면 혹시나 어찌될까 싶어 방 안에 기둥을 세우기로 한다. 줄자로 높이를 재고 톱과 낫을 들고 나무를 베러 간다. 두 손으로 맞잡을 만한 곧은 나무를 찾다가 잣나무 하나를 만났다. 아무 생각 없이 밑동에 톱을 대다가 멈춘다. 왜 기둥은 꼭 곧은 나무로만 해야 하지? 어차피 흙벽에 누런 초배지만 바른 방인데 기왕이면 자연스럽게 굽은 나무로 기둥을 하는 것이 낭만적이지 않겠는가. 누가 옆에 있는 것도 아닌데 혼잣소리를 하며 톱을 거두고 다른 나무를 향해 눈길을 돌린다. 벚나무 산뽕나무 상수리나무를 두리번거리다 굴참나무에 눈이 멎는다. 우둘투둘한 껍질과 곧은 것 같지만 조금씩 구부러지며 올라간 곡선이 멋져 마음에 쏙 들었다. 잔가지도 없이 높이 올라간 나무 위를 쳐다보니 손바닥만 한 연둣빛 잎사귀들이 내가 지금 자르려는 이 몸을 키우려고 하늘을 향해 무수한 입을 열어 숨을 쉬고 있다. 나무를 자르는 일도 여름에 하는 것보다는 잎 떨어진 가을이나 겨울에 하는 것이 아무 생각 없고 마음 편하다고 중얼거리며 톱질을 한다. 머리와 뿌리를 남겨두고 몸통만 메고 돌아온다. 높이를 맞춰 자르고 휘어진 대들보를 받쳐놓으니 기둥 하나로 방 안이 한결 운치 있고 안정감이 느껴졌다. 껍질도 벗기지 않은 구부러진 굴참나무 기둥 아래 나지막한 탁자를 만들어 커피 잔과 작은 물통을 얹어 놓았다.

밤에 등불을 켜고 굴참나무 기둥 아래서 커피를 마신다. 몸통만 잘라서 다듬지도 않고 천정을 받쳐놓은 굴참나무가 마치 뿌리는 방바닥 아래로 뻗어 있고 가지와 잎들은 지붕 밖에서 살아 흔들리는 것 같은 생각이 든다. 혼자 오래 살다 보면 가끔은 이렇게 사소한 것에 생각이 머물기도 한다.

굴참나무는 불안한 지붕을 받치기 위해 머리와 뿌리를 버렸다. 자신을 온전히 가지고 타인을 위할 수는 없다. 남에게 위로를 준다는 것은 자신의 생각과 주장을 버리고 그에게 필요한 기둥이 되어주는 것이다.

다시 해가 바뀌면 낮에 두고 온 그 굴참나무 뿌리에서는 더 많은 가지들이 솟아날 것이다.

그렇게
흘러간다

숲속의 겨울 생활은 고요하고 단조롭다.

이따금 등산로를 벗어나 내 움막으로 들어와 찬물 한 바가지 마시고 가는 등산객도 끊기고 그들을 이 오솔길로 이끌었던 가을 산의 단풍도 모두 떨어져 숲은 깊은 정적에 싸인다. 수분을 뿌리로 끌어내린 나무들은 딱딱하게 굳어 표정이 없다.

바지랑대를 타고 올라 빨랫줄에 흰 꽃을 걸어놓았던 조롱박줄기는 마른 끈처럼 엉켜 있다. 텃밭에 무를 뽑아 구덩이에 묻은 항아리에 동치미를 담근다. 아직 파란 고추를 소금물에 채워 놓는다. 양철 판에 널어놓은 가지와 호박고지를 걷고 흙벽에 무시래기를 걸어놓으면 벌들도 모두 통 속으로 들어간다.

뽑지 않은 고춧대와 호박넝쿨 엉클어진 텃밭을 서릿발이 채워가면 앙상한 칼끝을 서걱이는 억새 소리와 눈보라 휘몰아가는 골바람의 시간이 온다. 겨울은 혼자 건너는 내 몸에도 물기를 말려 굴속에 웅크린 짐승처럼 최소한의 음식과 반경이 작은 행동으로 숲의 고요를 응시할 것을 요구한다. 때로는 노루의 처연한 울음이 선잠에 든

귀를 밝혀 긴 새벽을 뜬눈으로 건너게 한다. 계곡을 쓸고 가는 칼바람이 인디언의 플루트 소리처럼 가슴 시릴 때 아궁이 재 속에 묻어둔 고구마를 꺼내고 동치미독 뚜껑을 열어 얼음처럼 차가운 무 씹는 소리를 제 귀로 듣는다.

그런 밤이 가고 햇살이 고슴도치 같은 겨울 산에 빛을 뿌려놓으면 가랑잎에 묻은 서리가 반짝인다. 지게를 지고 말라죽은 나무를 베어 부엌에 들여놓는다. 마당에 쌓아둔 나무토막을 도끼로 패면 빈 숲이 쿵쿵 울린다.

눈이 내려 온 산이 하얗게 덮이면 손바닥만 한 마당을 쓸고 샘으로 가는 길과 화장실 가는 길에 빗자루 자국을 낸다. 여기에도 사람 하나 살고 있다는 흔적과 같다. 상현上弦이 져버린 새벽하늘에 하얀 입김을 불어대는 별이 빼곡하다. 무수한 별들은 앙상한 가지 끝에 밥풀 같은 등불을 매단다. 제집에 웅크린 강아지와 두 마리 닭과 어느 바위 밑 산짐승을 위한 새벽의 크리스마스트리. 그렇게 또 한 해가 흘러간다.

외로움도
힘이
된다

얼음
풀린
계곡에서

　겨울잠을 자는 검은 짐승 같던 바위틈으로 물줄기가 흘러간다. 꽝꽝 얼어붙은 물웅덩이 잔설 위에 찍혀 있던 새와 짐승의 발자국이 얼음과 함께 사라졌다. 차고 깨끗한 물이 잔주름을 일으키며 가라앉은 낙엽과 물때를 덮어쓴 돌멩이들을 비춘다.

　긴 잠에서 깨어나 수액을 빨아올리는 물푸레나무 느릅나무 고로쇠나무의 어둡고 딱딱하던 빛깔이 순해진다. 나무들은 가지마다 굴뚝새부리만 한 씨눈을 매달고 있다. 삭정이를 한 짐 얹어놓은 나뭇지게를 바쳐놓고 졸졸 흘러가는 물소리를 들으며 앉아 있다.

　느리지도 빠르지도 않게 흘러가는 물줄기는 작은 돌멩이에 부딪쳐 갈라졌다 합쳐지며 소리를 내기도 하고 물가에 뿌리를 드러낸 버들개지 뿌리를 간질이고 작은 웃음소리를 내며 지나간다. 앞 물이 지나가며 소리를 낸 자리에서는 따라오던 물도 어김없이 소리를 내며 흘러간다.

　흘러가는 물가에서 무심히 귀를 열어놓고 있으면 물소리는 사라졌다 다시 들려오고 아래로 흐르던 물줄기가 거슬러 올라가는 것 같은 착시현상을 불러일으키기도 한다.

　물가 옆에 우뚝우뚝 서서 침묵에 잠겨 있는 잣나무들 사이에 고요가 깃들어 있다. 비탈의 아래쪽 우묵한 곳에 모여 있는 잣나무 숲에는 바람도 불지 않는다. 누런 침엽들로 몇 겹의 융단을 깔아 이 숲에서는 누구도 고요를 깨트릴 수 없다. 잣나무는 침묵 속에서만 한 생을 증거한다.

　흘러가는 물결의 속삭임과 멈춰 있는 나무들의 침묵 사이에 나는 앉아서 작은 물웅덩이에 일렁이는 제 그림자를 들여다보고 있다. 나는 나무인가 물인가? 나는 나무이기도 하고 또 물이기도 한 것이다. 겨울에는 아궁이에 불을 지피고 들어앉아 흙벽 초배지 사이로 떨어지는 먼지 소리를 듣고 얼어붙은 어둠 저편 짐승의 처연한 울음소리를 듣기도 한다. 그러나 이제 봄이 왔다. 겨울을 건넌 모든 생명의 살갗에 부드러운 바람이 숨구멍을 열어준다. 뿌리는 땅속에서 가지는 땅 위에서 생명의 씨눈을 틔우고 있다.

　나는 때로 이 숲의 계절과 사람의 계절을 함께 생각해본다. 얼음의 깊은 침묵은 봄의 물빛을 맑고 깊게 만들어주고 눈 속에 뿌리박은 나무의 뿌리는 봄이 오면 모든 가지의 끝까지 맑은 수액을 밀어 올려 초록의 잎을 키운다. 이것이 어찌 숲만의 일이겠는가. 겨울을 건넌 모든 이들이 자신의 마음을 스스로 위로하고 가슴마다 초록빛 새순 하나씩 피워 올리길 바라는 것은 나 자신에게 하는 독백이기도 하다.

새벽 한 시.

이 고요하고 검은 안식의 숲에 사륵사륵 밤눈 내린다. 눈으로 만든 오두막에 등불 하나 반짝이고 길은 모두 지워졌다. 희미하게 비치는 나무꼭대기마다 수천 마리 백학이 날개를 접고 눈을 맞고 있다. 백설기 가루처럼 고봉으로 쌓이는 흰 눈이 모든 시루를 차고 넘쳐 자꾸만 흘러내린다. 얼마나 더 바라보라고 이 밤에 저렇게 하염없이 내리고 쌓여 눈 위에 눈을 덮는가.

눈

소리가 모두 잠든 밤
처마에 걸린 알전구 불빛에 빛나는 행보
방문을 열고 문턱에 기대어
하염없이 바라보는데
하염없이 바라보라고 풀풀 내린다

설레는 마음과 쓸쓸한 마음 교차하는
새벽 한 시의 눈
눈과 나만이 잠들지 않은 것 같은
우쭐한 기쁨 끝엔 슬픔도 와서
마음 다 주지 못한 사람들
잠깐 그리워지고
원래부터 오만이나 격정 따위와는
거리가 먼
어떤 사람이었던 것처럼
무한정 용서하는 마음 잦아들어
하염없이 바라보는데
하염없이 바라보라고 풀풀 내린다
어느새 마당에 하얗게 쌓이고
수돗가 잔돌 위며
세숫대야에도 소복이 담기고
어둠에 보이지 않는 불빛 밖의 나무들
잎이 있는 것이나 잎이 없는 것이나
모두 제 크기의 온몸으로 흰 눈 받아 인다
하늘의 됫박 공평하고 넉넉하여
이 밤에 가난한 머리마다
보따리 하나씩 희게 부푼다
밤새 길을 지우고 새롭게 생겨나는 하얀 길 위엔
무엇을 향해 가는 생업生業의 발자국

눈과 나만이 잠들지 않은 것처럼 설레고 그립고 아득하다가 근
원을 알 수 없는 슬픔에 잠긴다. 홀로 아름다움을 보는 것은 슬픈 일

이다. 그러나 홀로 슬픔을 견디는 일은 아름다운 것이다.

　이런 밤에는 어느 먼 곳 눈의 나라에 살고 있는 사람들을 상상해본다. 자작나무 빼곡한 설원에 통나무 오두막이 한 채 있고 굴뚝의 연기가 가늘게 퍼져 자신의 삶을 확인하는 사람들. 나무 한 그루 없는 눈의 대지에서 호수의 얼음을 도끼로 깨서 순록썰매에 신고 돌아오는 사람들. 두 팔로 안을 수도 없는 거대한 전나무가 눈꽃의 무게를 이기지 못해 가지를 뚝뚝 부러뜨리는 혹한의 숲에서 홀로 늑대 발자국을 쫓아다니다 어둠이 오면 모닥불에 냄비를 걸어 음식을 끓이고 차를 마시는 늑대사냥꾼을 떠올려본다. 그러면 상상 속에서 어느새 그들은 이웃이 되고 친구가 되고 같은 방식의 삶을 살아가고 있는 동지가 된다.

　숲에서 폭설이 내린 겨울을 건너는 일은 때론 힘겹고 한없이 외로울 때가 있다. 그것은 외형적인 거리의 고립에서 오는 것이 아니라 겨울을 나는 생활방식의 차이에서 느끼는 단절감이다. 내가 찍는 모든 발자국이 첫 발자국인 숲에서 푹푹 빠지며 지게를 지고 도끼를 쿵쿵 찍으며 나무를 하고 아침마다 얼음을 깨고 물을 길어다 먹는 이 야생의 방식이 나를 매료시키고 또한 외롭게 한다. 얼어붙은 눈에 차가운 햇살이 쏟아지는 낮에는 거친 발자국을 찍으며 설원을 돌아다니는 야성의 피를 간직한 육신을 요구하고 깊은 밤에는 고요한 침묵 속에서 내면을 들여다보게 하는 이 설국의 한때를 나는 사랑한다.

밤은 깊어가고 눈발은 그치지 않는다.

눈 위에 눈이 쌓이듯 생각이 쌓이고 먼 날의 일부터 어제의 일상까지 다시 읽는 책처럼 기억의 갈피를 떠다니다 문득 출출한 생각이 든다. 밥을 먹을까? 먹다 남은 냄비의 찌개를 데우고 숟가락을 달그락거리는 것은 왠지 이 설국의 낭만에 어울리지 않는다. 그래 홍두깨로 반죽을 밀어 칼국수를 해먹자! 주섬주섬 옷을 걸쳐 입고 마루가 깔린 부엌방으로 간다. 밀가루를 반죽하고 소반에 달력 한 장 찢어 놓고 반죽을 민다. 작은 홍두깨에 밀가루를 바르고 조금씩 둥글게 퍼져나가는 반죽에 마른 밀가루를 쓰윽쓰윽 문지르며 홀로 칼국수를 빚는다. 눈발 부딪치는 유리창에 멸치국물 끓이는 수증기가 달라붙는다.

어느새 빈 방으로 어머니가 들어오신다. 사각사각 칼국수를 썰면 어린 내가 바짝 달라붙어 기다린다. 칼질을 멈추고 어머니가 건네주는 자투리 반죽을 펼쳐들고 부엌으로 달려가 숯불 위에 올려놓는다. 뽀글뽀글 부풀어오르는 밀가루 반죽을 노릇하게 구워들고 사립문 밖으로 달려 나간다.

오늘 밤 참 많은 그리움이 소리 없이 오신다.

그를 보면
웃음이
먼저 난다

이월 중순이다. 툰드라의 겨울 같던 매서운 추위가 한풀 꺾였다. 다 비워가는 쌀독처럼 깊이 파인 샘구멍의 얼음 표면을 부드러운 바람이 녹인다. 바닥을 긁던 샘물이 졸졸 흘러 얼음 구덩이를 채운다. 구정물이 일지 않도록 바가지로 살살 뜨던 물을 마음 놓고 한 양동이 퍼 올릴 수 있는 것도 작은 고마움이다. 그러나 봄은 아직 멀리 있고 매섭게 달려온 추위가 잠시 숨을 고르는 사이 굴속 다람쥐처럼 봄이 잠시 고개를 내밀고 두리번거리는 날씨다.

딱딱하던 마당이 조금 물렁해지고 눈 밑에 깔려 있던 가랑잎이 어수선해서 마당을 쓴다. 빗자루 끝에서 장난을 치던 강아지가 갑자기 짖으며 아래쪽 오솔길로 뛰어 내려간다. 사람이 반가워 매달리는 강아지를 손으로 밀쳐내며 두 명의 남자가 올라온다. 앞서 올라오는 이가 손을 흔들며 알은체를 한다. "어, 남교 씨 오랜만이네!" 나도 반갑게 다가가는데 또 웃음이 났다.

말하자면 남교 씨는 이 골짜기의 토박이다. 고향은 정선 예미골인데 어릴 때 부모님을 따라 치악산 자락으로 옮겨와 청년 시절까지

이 골짜기에서 지냈다. 그의 아버님은 지금도 마을 초입에서 평생을 업으로 삼은 토종벌을 기르며 지내고 계신데 그는 결혼을 하고 시내로 나가서 목조주택 짓는 일을 하고 있다. 가끔 부모님 댁에 들를 때면 산책 삼아 올라와 예전에 이 골짜기에 살던 청춘시절의 이야기를 들려주며 놀다가기도 한다. 인상이 워낙 좋고 서글서글한데다 말도 재미있게 잘해서 듣고 있으면 마치 그때 같이 있었던 것처럼 생생하고 실감이 난다.

지금은 늦게 대학도 나오고 목조 건축업이라는 어엿한 직업도 있지만 도시로 나가기 전 청춘 시절은 이 골짜기에서 허름한 움막을 짓고 토종벌도 치고 계곡에서 물고기도 잡아먹고 하면서 노는 듯 일하는 듯 세월을 보냈단다. 그러다가 계곡에 놀러온 도시 아가씨를 만나 설레고 불안하고 흥분되는 날들을 보내게 되었다. 데이트를 하면 당연히 시내에 나가 경양식집에서 돈가스라도 먹어야 할 텐데 딱히 수입도 없고 용돈을 타 쓸 형편도 안 되니 이리저리 핑계만 대고 벌 치는 움막에서만 데이트를 하고 있는데 생각도 않던 횡재수가 생겼다. 포장도 안 된 산길을 멋진 자가용 한 대가 들어왔는데 차 유리문을 내리며 얼굴을 내민 중년 부인이 남교 씨한테 다짜고짜 뱀 좀 한 열 마리 구할 수 없느냐고 묻더란다. 남교 씨는 "얼른 제가 구해드릴게요!" 대답하고 일주일만 시간을 달라며 벌 치는 움막을 가르쳐주니 그 귀부인은 고맙게도 선불까지 주면서 일요일에 다시 오겠다고 차를 돌려 돌아갔다. 도시 아가씨와 돈가스도 먹고 커피도 마시고 돈은 다 썼는데 그놈의 뱀은 도대체 보이질 않았다. 귀부인이 오기로 한 날 마침 아가씨가 놀러 와서 안절부절못하다가 핑계를 대고 집으로 데려다주려고 산길을 내려오는데 저 앞에서 마침 그 멋진 자가용이 외길을 천천히 올라오고 있더란다. 다시 아가씨를 돌려세워 산길을 되올라가는데 뒤에서 빵빵거리며 경적이 자꾸만 울리는데 모르는 척 걸어가다 안 되겠다 싶어 영문도 모르는 아가씨 팔을 붙잡고 튀는데 차에서 내린 귀부인이 허겁지겁 쫓아오면서 소리소리 지른다. 이름도 모르는 총각이니 다급한 김에 나온 소리가 "저, 저, 뱀 삼촌! ……뱀 삼촌!" 하더란다.

한번은 겨울에 있었던 일이다. 취직해서 서울로 간 동네 형이 계곡에 있는 개구리 좀 잡아서 놀러 오래서 서울 구경도 할 겸 얼음을 깨고 겨울잠을 자는 개구리를 한 깡통 잡아 비닐로 싸서 박스에 담아 서울행 완행열차에 몸을 실었는데 따듯한 히터 열기에 취해 까무룩 졸고 있었다. 그런데 잠결에 웬 개구리가 깨루룩 깨루룩 우는 소리가 들렸다. 열차 안의 사람들도 신기한 듯 두리번거리는데 자기 머리 위 선반에서 몸이 따듯해진 개구리가 봄인 줄 알고 울더란다. "아유 그때 쪽팔려서 살며시 일어나서 옆 칸으로 갔어요!"

아주 오래전 얘기지만 지금 내가 살고 있는 숲에서 벌어진 일이라 생각하니 마치 어린 날 내 추억같이 생각되고 살갑다. 지금 남교 씨는 그때 그 아가씨와 결혼을 해서 잘 살고 있는데 건축 일을 하다 보니 술을 자주 마셔서 위가 나빠져 느릅나무 껍질을 좀 달여 마실

까 하고 나무껍질을 벗기러 친구와 올라온 것이다.

나는 또 한 번 웃으며 톱을 들고 앞장선다.

어금니를
빼다

"누구나 제 육신을 헐어가며 시간을 견디는 것이겠지요!"

아래 어금니 두 개를 묶어서 금도금을 씌워 놓았는데 조금씩 흔들리더니 이제는 음식을 씹을 수가 없게 되었다. 아픈 쪽으로 음식물이 가지 않도록 신경을 쓰느라고 밥을 먹을 때도 짜증이 난다. 자신도 모르게 혓바닥은 자꾸만 어금니를 밀어본다. 이빨이 썩은 것이라면 치과라도 가서 어찌 해보겠지만 잇몸이 내려앉아 이가 흔들리는 것은 도리가 없다.

한밤중에 홀로 일어나 입을 짝 벌리고 손가락으로 집게를 만들어 어금니를 흔들어본다. 논두렁에 박힌 말뚝처럼 흔들거리지만 빠져버리지도 않는 이빨을 처음에는 살살 흔들어보다가 절망과 서글픔에 빠져 세차게 흔든다. 아직 살점이 붙어 있는 뿌리 끝이 흔들리자 통증이 귀와 눈과 머릿속까지 파고든다. 잠시 멈추고 휴지에 침을 뱉어본다. 수명이 다한 이빨이라 그런지 피도 나오지 않는다. 잠시 누워 있다 다시 벌떡 일어나 손가락 집게로 이빨을 흔든다. 음식을 씹을 수도 없는 것이 잇몸에 달라붙어 시들어가는 육신의 비애만을 일깨

워준다면 차라리 뽑아버리는 것이 낫다. 조금만 잊고 지낸다면 스스로 빠져버릴 것을 참지 못하고 이렇게 손가락에 침을 묻히고 눈물을 찔끔거리며 잡아 흔드는 현재의 나를 내 머릿속은 인식하려고 애쓴다. 이빨 하나를 뽑아내려고 흔드는 이 짧은 동안에 내 삶의 거의 모든 시간이 방문객처럼 왔다가고 드디어 한데 묶인 어금니 두 개가 피를 묻히고 빠져나왔다. 누르죽죽한 죽음의 색깔을 띠고 있는 뿌리와 금도금 모자를 쓰고 있는 대가리를 바라보는데 알 수 없는 서글픔이 밀려온다.

잇몸을 헹구고 휴지에 물을 묻혀 이빨을 닦는다. 손바닥에 올려놓고 가만히 들여다본다. 깊은 곳에 박혀서 가장 단단한 것들을 씹느라 고생했다. 어금니를 물었던 많은 날들의 다짐이 지금의 이 모습밖에 되지 못한 것이 허무하다. 이제 생의 어금니를 깨물 나이는 지났다. 아직 버리지 못한 욕망이 있다면 빠져버린 어금니와 함께 묻어버리자. 조금 부드러운 음식을 먹고 부드러운 정신을 갖자.

날이 밝아오는지 방문 창호지 빛깔이 희붐해진다.

달은
아이와
같아서

오늘은 정월 대보름.

달의 생일이다. 하늘 아래 많은 사람들이 자애롭고 환한 빛을 올려다보며 소망을 빌고 추억을 되새겨보기도 한다. 개밥바라기별을 데리고 초저녁 얕은 하늘을 서성이는 초승달 같던 내 어린 날들도 달의 쪽배를 타고 어둡고 넓은 세계를 흘러 어느새 차오르는 달처럼 이제 초로의 나이가 되었다.

능선 너머에서 누가 크고 샛노란 풍선을 띄운 것처럼 깨끗한 보름달이 솟아오른다. 달은 자꾸만 둥실 솟아올라 끈을 잡으면 몸이 허공으로 떠오를 것 같다. 첩첩한 골짜기 갇힌 움막에 어둠이 오면 마을 간 노인처럼 발자국 소리 없이 불쑥 찾아오는 저 달의 얼굴에는 잃어버린 많은 추억들이 저장되어 있어 고개를 꺾고 고요히 바라보면 달은 어느새 동아줄 사다리를 풀어 아득한 나라로 나를 이끌어 간다.

시골 마을에서 자란 어린 날. 그때는 노는 것이 공부고 또래 동무들이 세계의 전부다. 그렇게 지치지 않고 끊임없이 놀 수 있는 것은 지루하지 않게 장난감이 되어주는 자연이 있었기 때문이다.

달이 슬슬 차올라 정월대보름이 가까워지면 아이들은 쥐불놀이 준비를 시작한다. 쥐불놀이를 하기 위해서는 깡통이 필요한데 모두가 먹고 살기 힘든 시절 과일이나 생선 통조림 깡통을 구경하는 것도 힘든 일이다. 더구나 60여 가구 모여 있는 동네에는 집집마다 대추나무 연 걸리듯 형제자매들이 줄줄이 있는데 그 많은 아이들이 모두 제 깡통을 하나씩 준비하기란 거의 불가능한 일이다. 어쩌다 저도 나이가 어린 형이 깡통을 하나 구해 전깃줄을 달아 불덩이를 넣고 휘휘 돌리면 코흘리개 남동생이나 여동생이 졸졸 따라다니며 저도 한번 해보자고 졸라대는 것이다.

그러던 어느 해 또래 동무들이 기발한 생각을 했다. 저 멀리 아득한 앞산 꼭대기에서 레이더가 빙글빙글 돌아가는 미군부대에 가면 얼마든지 깡통을 구할 수 있지 않겠나 생각을 한 것이다.

우리들은 마치 수색대를 조직하듯 결연하고 당당하게 미군부대를 향해 산을 올랐다. 제집 울타리 안에서만 놀던 강아지가 조금씩 커가며 온 동네를 돌아다니듯 아득하고 먼 나라인 것만 같던 미군부대를 실제로 찾아가는 발걸음에는 왠지 두려움도 있었다. 걷고 또 걸어 거대한 풍차 같은 레이더가 느리게 돌아가는 산꼭대기의 미군부대 철조망에 도착했을 때는 흥분과 설렘으로 가슴이 쿵쾅거렸다. 허리를 구부리고 몸을 낮추며 철조망을 빙 돌아 어딘가에 빈 깡통이 가득 쌓여 있는 곳을 찾아야 했다. 그렇게 산전수전을 겪으며 우리는 꿈에 그리던 깡통을 한 자루 가득 얻어 마을로 돌아왔다. 동네 형들에겐 칭찬을 듣고 코흘리개 동생들에겐 존경을 받으며 우리는 득의양양하게 깡통을 분배했다.

정월대보름이 아닌 날에야 깜깜해지면 아이들끼리 모여 텅 빈 논이나 썰매를 타던 얼음판에서 쥐불놀이를 하다 집으로 돌아가지만 정월대보름 당일 날은 온 마을사람들이 함께하는 축제였다.

마을 뒷동산 제일 높은 곳에 청년들은 짚가리를 높게 쌓아 올린 봉화대를 만들었다. 이윽고 날이 어두워지면 아이들은 먼저 오르고 청년들은 조금 늦게 뒤를 따르며 뒷동산으로 올라갔다. 미리 준비한 관솔에 불을 붙여 쥐불놀이 깡통을 휘휘 돌리면 깜깜한 검은 산이 빙글빙글 돌아가는 불의 동산으로 변했다. 어둠 속에서 애기 도깨비가 된 듯 흥분으로 자꾸만 깡통에 관솔을 집어넣으며 돌리다 시뻘건 숯덩이가 가득 고이면 허공을 향해 힘껏 깡통을 던진다. 우주의 별똥별을 눈앞에서 보는 것처럼 불씨를 뿜어내며 높이 솟아오르다 포물선을 그으며 사라지는 불꽃의 향연을 바라보는 순간의 아득함은 영원히 지울 수 없는 미지에 대한 동경과 그리움으로 마음속에 각인되었다.

대보름달의 여유로움으로 아이들이 노는 것을 기다려주던 달이 이윽고 희미한 능선으로 환한 얼굴을 불쑥 내밀면 불의 향연은 절정에 올라 우리는 모두 각자의 우주를 향해 일제히 깡통 축포를 쏘아

올리며 쟁반처럼 둥근 달을 맞이한다. 아이들의 힘찬 박수를 받으며 솟아오르는 달이 마침내 둥근 몸을 들어 올려 지상에서 둥실 떠오르면 동네 형들은 동산의 가장 높은 곳에 쌓아놓은 짚가리 봉화대에 불을 붙인다. 쏟아지는 별 같은 불티를 날리며 활활 타오르는 거대한 불기둥은 한 해의 밤을 밝혀준 고마운 달님에게 드리는 우리들의 인사이며 편지 같은 것이었다. 어느새 어른 아이 할 것 없이 거대한 불기둥을 둘러싸고 서로 손을 맞잡고 강강술래 노래를 부르며 빙글빙글 돌았다.

아! 아득하다. 추억의 달이여, 그리고 깊은 산중에서 바라보는 지금의 달이여. 마당에 장작 몇 개를 쌓아 불을 붙여놓고 저 둥근 대보름달에게 인사한다. 그리고 저 달 속에 묻혀 있는 내 어린 날들의 추억에게 편지를 보낸다. 모두들 안녕하라고!

연필로
쓴
편지

　숲이 봄 앓이를 하는지 날씨를 종잡을 수가 없다. 빗줄기를 흩날리는 세찬 바람이 골짜기를 휩쓸며 지나간다. 잔설 녹은 물이 스며들어 땅은 질척거리고 물기 먹은 잔가지가 부러져 낙엽 젖어 있는 오솔길에 눕는다. 늙은 밤나무에 매달려 겨울을 지난 쭉정이 밤송이들이 지붕에 툭툭 떨어져 물컹한 발자국이 찍힌 마당으로 굴러간다.

　겨울이 가고 봄이 오는 길목에는 이렇게 봄도 겨울도 아닌 우울하고 먹먹한 날들이 계절의 경계처럼 끼어 있다. 아직 얼음이 녹지 않은 파란 호스가 걸쳐 있는 물가의 붉은 함지박도, 골바람 속에 비를 맞는 움막도, 그리고 그 안에 들어앉은 사람도 수척해 보이는 날씨!

　따듯한 차 한 잔 생각에 물을 끓인다. 김을 뿜으며 보글보글 끓는 물소리에 마음을 가라앉힌다. 찻잔에 떨어지는 물방울 소리와 숲을 흔드는 골바람 소리. 소리와 소리 사이에서 침묵과 고요가 생겨난다. 몇 모금 차를 마시는 사이 차가운 빗방울은 휘날리는 눈송이로 변한다.

마루에 기대놓은 대추나무 지팡이를 들고 숲길을 나선다. 회전목마처럼 어지럽게 흩날리는 눈발 속에서 산으로 오를까 사람의 길을 찾아 마을로 내려갈까 생각하는 사이 몸은 어느새 산 아래 마을 쪽으로 걸어가고 있다. 계곡 얼음은 녹아 물의 오솔길을 내고 졸졸 흐른다. 아직은 추워 보이는 저 물가의 나무들도 껍질 속으로 귀를 기울여 물소리를 들으리라. 얼굴에 온통 솜털을 덮은 버들강아지가 서 있는 옆으로 생강나무는 아직 피워 올리지 않은 봉우리를 매달고 있다.

물길 따라가듯 걸어온 산책길이 어느새 4킬로미터를 걸어 마을 입구의 관리사무소에 도착했다. 문을 열고 들어가니 난롯가에 앉아 책을 보던 직원이 커피를 권한다. 관리사무소 벽에 걸린 우편함에는 내 우편물이 꽂혀 있다. 숲까지 올라오지 못하는 우체국 직원이 맡겨놓으면 이렇게 가끔 내려와 찾아간다.

세 권의 잡지와 몇 통의 고지서들 사이에 하얀 봉투의 편지 한 장이 끼어 있다. 편지지에는 단정하게 연필로 쓴 글씨들이 채워져 있었다. 편지의 내용보다도 먼저 눈에 들어온 연필 글씨. 연필로 글씨를 써 편지를 보낸 지가 언제인가? 아득한 동화 같은 생각이 마음을 따듯하게 했다.

'도서관에서 우연히 책을 읽었습니다. 도시에 살지만 마음 한편에 늘 숲을 꿈꾸고 있는 사람입니다…… 염소 할아버지 이야기, 벌통, 두꺼운 국어사전, 황벽나무, 관리소의 편지, 모두 제 이야기인 것

같아 며칠간 숲의 꿈을 꾸는 생활을 했습니다. 그곳에도 지금 봄이 오고 있나요? ……안녕히 계세요!'

　내려간 길을 되돌아 올라오며 따듯한 편지를 몇 번이고 읽었다. 때로는 나의 외로운 이 숲의 삶도 누군가는 간절히 꿈꾸는 것이 될 수도 있다는 사실이 내 생활을 되돌아보게 했다. 그래! 이 숲에도 봄이 온다고 답장을 보내자. 그가 어디에 있든 어떻게 살아가고 있든 마음에는 늘 꿈이 있다는 사실을 알았다고, 알지 못하는 곳에서 온 이 편지 한 장이 봄을 앓고 있는 이 숲에 따듯한 온기를 주어 곧 연초록이 물들고 화사한 꽃들이 피어나는 봄이 올 것이라고 편지를 하리라.

눈보라를
뚫고 가는
초록 파도

나의 時론

    해발 700미터의 바위에 올라서서 바람이 불어오는 곳으로 몸을 돌린다. 아래로 길게 뻗은 왼편의 능선과 첩첩이 너울지는 오른편 능선의 나무들이 모든 손을 들어 초록의 잎들을 흔들고 있다. 저 가물거리는 시야의 끝에서 푸르고 끝없는 녹색의 활주로를 서서히 이륙하는 거대한 바람의 비행기는 무수한 협곡의 표면에 진동을 일으키며 산정을 향하여 기수를 돌린다. 서로의 발가락에 힘을 주며 어깨를 걸고 바람을 떠받치는 녹색의 물결들. 속도를 높이며 달려온 바람은 나를 지나 산정의 이마를 짚고 초록의 궤도를 이탈한다.

    산길을 걸어 내 거처로 돌아오는 오솔길 언덕 왼편으로 수십 그루의 아름드리 전나무들이 모여 있는 곳이 있다. 그곳의 그늘 틈바구니에서 새 움을 틔우고 있는 작은 가시오가피나무를 산자락으로 이어지는 마당에 옮겨 심었다. 연둣빛 새 움을 달고 낯선 곳으로 옮겨

온 가시오가피나무. 나는 매일 꽃밭에 나가 연둣빛 새 움을 확인하게 되었다. 흙 속의 실뿌리를 생각하게 되었다. 확인할 수 없는 날들이 지나가고 있었다. 어느 날 아침 가시오가피나무의 연둣빛 새 움은 봉오리를 풀어 다섯 장의 떡잎을 보여주었다.

얼굴에 피투성이를 하고 코치가 입에다 부어주는 물을 땀범벅이 된 자신의 팬티에다 흘려가며 코너에 앉아 숨을 헐떡거리는 권투 선수가 있다. 1분간의 휴식이 끝나고 종이 울리면 기진맥진한 몸으로 상대를 때려눕히기 위해 쏜살같이 튀어나간다. 12회전의 긴 싸움이 끝나면 그는 판정패를 당하고 좌절과 야유를 선물 받는다. 나도 늘 이기고 싶었지만 매번 졌다.

삶이라는 거대한 싸움판 앞에서 내 스스로 나에게 해줄 것이 별로 없다는 생각으로 무기력했던 마흔두 살의 여름날 챙길 것도 별반 없는 짐을 꾸려 치악산 골짜기의 움막으로 거처를 옮겼다. 필사적으로 지켜내야 할 그 무엇도 없었고 전력을 다하여 이루어야 할 그 어떤 것도 없었다. 열정도 욕망도 식어버린 것이다. 그 시절 내 삶의 뿌리란 것이 아름드리 전나무들 틈바구니에서 비껴들어오는 햇빛 쪼가리에 얼굴을 내밀고 있는 가시오가피나무의 실뿌리 같은 것은 아니었을까.

흐르는 계곡물에 파란색의 고무호스를 박아 물을 끌어다 먹고 옛 화전터 망초 우거진 풀밭을 삽으로 뒤집어 푸성귀를 심어 뜯어 먹었다. 사실 산속에는 텃밭에서 심어먹는 푸성귀보다는 여기저기 흩어진 자연의 식물들이 훨씬 가짓수도 많고 맛도 좋다. 겨울에는 지게를 지고 나무를 해다 아궁이에 불을 지폈다. 내 한 입 먹을 것을 위하여 굳이 노동이라고 할 만한 것들을 하는 시간은 하루에 두 시간이 넘지 않았다. 또 그 이상은 할 일거리도 없었다.

죽었는지 살았는지 알 수 없는 겨울의 삭정이들에서 봄이 되면 새순이 돋아나고 그것이 자라 초록의 우산으로 제 몸을 가리는 나무들을 보았다. 좁쌀 알갱이만 한 무씨가 쌍떡잎에 모래를 받쳐 들고 일어나 육십 일 만에 시퍼런 무청을 쓰고 굵다란 몸통을 흙속에 당당하게 박고 있는 것을 보았다. 맑은 물과 깨끗한 공기로 나는 몸에 생기를 불어 넣었다. 나는 한곳을 오래 바라보는 것을 견딜 수 있게 되었고, 어느덧 숲에서 한 생명이 태어나 죽음에 이르는 일생의 과정을 천천히 지켜보는 여유로움도 갖게 되었다. 이렇게 별 생각이 없이 그냥 알아지는 것들과 마주하며 살다 보니 머릿속도 단순해지고 마음도 편해졌다.

홀로 일궈가는 산 생활의 담박한 맛을 즐길 즈음이 되면서부터 나는 깊숙한 곳에 묻어두었던 낡은 노트 한 권을 꺼내어 거기에 적혀 있던 나의 고백들을 되돌아보게 되었다. 그 기록들은 시이기 이전에 적어도 나를 비추는 거울인 것만은 틀림없다. 행간 사이에서 비틀대거나 도취해 있는 문장들로부터 나는 내가 살아왔던 마음의 먼 흔적들을 서서히 복원하면서 지금의 삶에 잇대고 있었다. 그것은 아프고도 쓸쓸한 행복을 나에게 주곤 했다. 저녁이면 움막의 지등을 밝히고 나는 나를 비추는 거울을 닦듯이 새로운 문장들을 내 삶의 거울에 다시 새겨 넣고 있었던 것이다. 그것이 시인지 나는 아직 모른다. 시이고자 할 뿐이다.

시는 삶의 지리멸렬한 고통과 오해와 불화와 그리움과 갈증을 모두 포함하면서 동시에 삶의 또 하나의 본질적 충동이라 할 수 있는 미에 대한 의식을 끝끝내 이끌고 가게 하는 글쓰기 방식이 아니던가. 신산한 삶을 끝내 아름다움으로 이끌고 가고자 하는 의식 충동이 일어날 때 삶의 비천함은 이미 그 비천함을 넘어선다. 삶에서 순백의 고귀함은 없다. 더 정확히 말하면 무지한 순백에 대해 나는 아무런 경이로움도 느끼지 못한다. 적어도 내가 경험한 인생살이에서는 그러하다. 진정한 고귀함은 발에 묻은 진창의 진흙들을 스스로의 힘으로 떼어내면서 생성되기 시작한다. 이때 진창의 맛이 더 깊고 쓰라리게 느껴지기도 한다. 나의 시 쓰기는 그런 의미에서 비천한 삶에서 나의 실종을 막아내는 일일지도 모른다. 이러한 과정에서 다른 시인들과 마찬가지로 나는 어쩔 수 없이 자기 검열에 빠져 시의 중압감에 시달리곤 한다. 시가 무엇인지 정확한 실체를 아직 모르면서도 나에게 좌절감을 주는 것이 또한 시가 아닌가 하는 생각이 들 때가 있다. 그럴 때면 누군가 나에게 해준 "당신이 쓴 한 편의 시는 그 누구의 것과도 닮을 필요 없는 최초의 시이며 유일한 시이다"라는 말을 떠올려보기도 한다.

지금은 겨울의 한복판. 나 또한 삶의 겨울을 지나가고 있는지 모른다. 모든 목숨을 땅속에 묻고 비탈을 건너가는 차가운 밤바람에 제 몸을 맡겨 깊고 쓸쓸한 뼈의 음악을 만들어내는 저 겨울나무의 삭정이들은 죽은 것이 아니다.

춥고 고요한 정적 속에서 태어나는 최초의 눈송이 하나가 폭설을 불러온다. 바람에 휘몰리는 눈송이들이 그물에 쫓기는 수만 마리의 은어 떼처럼 골짜기로 휩쓸려간다. 쓸려가며 일시에 방향을 바꾼다. 잣나무 가지에 쌓인 눈들이 흩날린다. 이 눈보라 속에 내가 있고 나를 데리고 저편으로 건너가는 시간이 있다. 이제 머지않아 초록의 시간이 올 것이다. 얼며 지샌 뿌리에서 끌어올린 물방울이 잠들어 있는 씨눈들의 눈썹을 적실 것이다. 아래로 길게 뻗은 능선과 첩첩이 너울지는 오른편의 능선마다 모든 겨울나무들이 팔을 뻗어 초록의 이파리들을 출렁일 것이다. 그것은 견딤의 시간이며 내 시의 시간이다.

숲의
산책자

오늘은 산책하며 길에 대해 생각합니다

그리고 당신에 대해 생각합니다

움막 뒤편으로 흔적만 남은 오솔길이 있습니다

그 길을 따라가면 혼자 죽고 스스로 넘어진 나무가

껍질 벗겨지고 슬어 소멸해가는 모습을 봅니다

돌담과 구들장만 남은 옛 집터들도

드문드문 흩어져 있습니다

그곳에 가면 돌 위에 앉아

지금은 떠나간 이들의 모습을 상상해봅니다

숲에 갇힌 아이들의 웃음소리

흙집 굴뚝으로 솟는 연기

마당 화덕에서 산나물을 데치는 여인의 주걱질

창호지 틈으로 스미는 물소리 바람소리

이 오솔길은 그들의 남루한 생을 연결한 실핏줄이지요

그럼 나는 무엇을 바래 오늘 이 길을 걷고 있는가

바람이 없는 삶을 꿈꾸며 산으로 들어왔으나

어떤 바람을 안고 길을 걷는 한 사내를 봅니다

나는 나에게 합당한 것을 꿈꾸는가

만져지고 느껴지는 대상을 바라는가 아니면

육신에 잠복한 몽환을 끌어내줄 매개를 바라는가

그러나 당신은 내 몽환의 사랑을 완전하게 해줄 현재입니다

내 안에 일어나는 마음은 당신의 것입니다

당신은 내 정신을 퍼 올릴 두레박, 내가

구속하지 않아도 곁에 있어야 합니다

언젠가 육신이 저 길을 막는 나무처럼 소멸해갈 때까지

내 안에 갇혀 있는 모든 것을 풀어놓을 것입니다

나는 당신이 그 주인이길 원합니다

그대 입술이 내게 닿지 않아도

사랑에 상처주지 않고 사랑할 것입니다

이것이 오늘 내 산책입니다

새들이
돌아왔다

계곡이 녹아 얼음 폭포에 갇혀 있던 물줄기가 다시 흘러가고 땅의 표면에는 질척한 발자국이 찍히지만 아직은 쌀쌀한 3월 중순이다. 숲의 나무들도 바닥의 새순도 마음으로는 모두 봄을 맞이했지만 세상 밖으로 불쑥불쑥 얼굴을 내밀지 못하고 은밀하게 조금씩 탐색을 하고 있는 중이다. 그러나 바람은 스스로 두꺼운 외투를 벗어버리고 어디에서 실어오는지 풋풋한 내음과 부드러운 손길로 망설이고 있는 나무와 풀과 봄의 새순들을 재촉한다. 그 마음을 안 것일까. 며칠 사이에 새들이 돌아와 가지를 옮겨 다니며 종알거리는 노랫소리로 이제 이 숲에도 새 학기가 시작되었음을 알려준다.

봄바람에 목청을 씻은 것처럼 맑고 투명하게 들려오는 새 울음소리는 내 몸속의 실핏줄에도 전달되어 성급히 겉옷을 벗고 무언가 준비해야 할 것 같은 생각이 들게 한다. 배낭을 메고 흥얼거리며 산길을 내려가 원주 장으로 간다. 내 숲에는 아직 땅속에 있는 봄나물들이 시장에 늘어선 좌판 할머니들의 바구니에 가득하다. 숲에서 살고 있는 사람이 바람의 냄새로 봄을 맞을 때 도시의 장거리에서는 벌써 눈으로 혀로 봄을 맞고 있는 것이다.

이곳저곳을 기웃거리며 봄나물처럼 싱그러운 사람들의 모습에서 생기를 얻는다. 묘목시장에 들러 사과나무 세 그루와 배나무 세 그루 그리고 호두나무 한 그루를 샀다. 과실수를 심어 그 열매를 따 먹겠다는 생각보다는 겨우내 얼었던 땅에 구덩이를 파고 흙의 속살을 만지며 그 속에 하나의 생명을 심어주고 싶다는 생각이 문득 들었기 때문이다. 이렇게 봄은 웅크렸던 마음에도 포근하고 낭만적인 생각을 갖게 해준다. 자장면을 한 그릇 사먹고 숲으로 돌아온다. 졸졸 물이 흐르는 계곡에 박혀 있는 징검돌을 건너뛰며 혼자 콧노래를 부른다. 물오르는 나뭇가지를 손톱으로 긁어보며 연초록의 속살을 확인한다. 계곡 아래까지 마중 나온 새들이 포르륵 날아가며 반긴다.

묘목을 풀어 물가에 담가놓고 이것을 어디에다 심을까 궁리를 한다. 나무를 심는 일은 나무에게 평생 살아갈 집을 마련해주는 것이리라. 움막 아래쪽으로 50미터 정도 떨어진 곳에 기둥을 얼기설기 엮어서 형식적인 문의 경계를 세워둔 현판을 만들어 놓았는데 그 오른편 비탈이 양지바르고 주변에 큰 나무가 없어서 묘목을 심기에 좋을 것 같았다. 우선 호두나무는 현판이 서 있는 옆자리에 둥그렇게 돌담을 치고 한가운데에 심었다. 세월이 흐르고 나무가 무럭무럭 자라면 이곳이 사람이 살고 있는 곳의 경계인지 아닌지 망설이며 현판 아래에서 잠시 기웃거리는 낯선 나그네에게 푸르고 무성한 그늘을 드리우고 움막의 상징처럼 우뚝 서 있는 것을 상상해본다.

　사과나무와 배나무는 움막으로 올라오는 오솔길을 따라 간격을 두어 나란히 심었다. 겨울을 견딘 굴참나무 상수리나무 밤나무 북나무 오리나무……들이 앙상한 가지에 연초록의 잎사귀를 힘차게 밀어 올릴 때 여기 내 얼굴 좀 보라고 연분홍 사과꽃과 흰 배꽃을 가지마다 주렁주렁 매달고 고요하고 적막한 밤하늘에 휘영청 달이 떠오르면 화사한 꽃등의 오솔길을 만들어줄 나무들을 생각하니 마음은 벌써 세월의 뒤편에 가 있다.

　외따로 사는 즐거움 중의 하나는 이렇게 작은 나무 하나에 의미를 주기도 하고 자신만의 몽환의 세계를 꿈꾸며 때로는 시간을 잊고, 또한 때로는 사람과 사람 사이의 관계들을 잊어버리는 단순함에 있는지도 모른다.

　어제는 마음에 봄이 오고 오늘은 몸에도 봄이 왔다.

떠날 수
없는
이유

　　내 움막에서 500미터가량 떨어진 오두막에 홀로 사시는 노인의 이야기다.

　　옹기종기 대여섯 가구가 모여 있는 산 아래 마을에서 십 리는 떨어진 이 골짜기에 노인과 나는 유일한 이웃이며 가끔 서로가 궁금해 들여다보는 말벗이기도 하다. 구 년 전 처음 내가 이 골짜기에 들어왔을 때만 하더라도 칠순의 나이임에도 불구하고 이삼십 마리의 염소를 숲에 풀어 놓아 기르고 계셨다. 화전하던 터를 여기저기 일구어 짐승이 들어가지 못하도록 울타리를 쳐놓고 절기를 따라 고구마 감자 옥수수며 고추 등을 빼곡하게 심어놓고 산 벚꽃 흩날리는 봄부터 알밤이 툭툭 떨어지는 가을까지 밭에 나가서 산새소리를 음악처럼 들으며 김을 매곤 하셨다. 그때는 할머니가 함께 계셔서 앞서거니 뒤서거니 쪼그리고 밭고랑을 다니는 모습이 외롭거나 힘겹게 느껴지기보다는 평화롭고 아름다운 노년의 한 풍경으로 비쳐졌다.

　　산 생활 초보자로 씨앗을 파종하거나 모종을 심어본 경험이 없는 내가 삽으로 뒤집어놓은 열 평 남짓한 텃밭에 장난처럼 상추씨를 뿌리고 호박 가지 고추 모종을 심을 때면 노인은 슬며시 올라와 뒷 짐을 지고 바라보시며 "야! 농사 잘 짓네" 농담을 건네기도 하고 "드 른 곡식은 먹어도 밴 곡식은 못 먹는 법이여!" 선문답처럼 한마디하 며 고추 모종의 간격을 넓게 심으라고 가르쳐주신다. 호미를 밭고랑 에 두고 툇마루에 올라와 소주 한 병을 내오면 목이 칼칼하던 참에 잘됐다고 얼굴에 화색이 돌며 목소리 높낮이가 달라진다.

초록 잎들이 하루가 다르게 무성해지고 연분홍 산 벚꽃이 골짜 기마다 수를 놓는 화사한 봄날의 능선을 지그시 바라보며 들려주는 노인의 옛 이야기는 이렇다. 그 시절 가난하지 않은 사람이 있었겠냐 마는 부쳐 먹을 땅 마지기도 변변히 없는 농촌마을에서 그래저래 살 다가 혼기가 차서 장가를 가게 되었는데 내 한 입이라도 거들자는 심 정으로 당시 많은 사람들이 화전을 하던 이 골짜기로 꽃다운 신부를 데리고 무작정 들어오셨단다. 그나마도 좋은 터는 이미 들어온 이들 이 자리를 잡아서 여기보다 훨씬 높은 산등성으로 올라가 남바위라 는 커다란 바위 밑에 온돌을 들이고 바위를 지붕 삼아 신혼살림을 시작했다. 산등성 꼭대기에 불을 지르고 불길이 아래로 번지면 그 터 에다 조와 수수를 심고 토종닭을 풀어놓아 달걀꾸러미를 만들어 장 에 내다 팔아 생계를 유지했다. 그 바위 집에서 바람의 아이들 같은 4남매를 낳고 기르다가 자식들에게 자신의 삶을 물려줄 수 없다는 일념으로 식솔을 이끌고 소도시로 나가 작은 옷가게를 장만하고 기차 안에서 새벽잠을 자며 서울의 도매시장을 다녔다. 그가 어디에 있든 삶은 살아지게 마련이고 내일은 오늘보다는 조금씩 나은 날들이 되어가는 것이다. 피눈물 나는 노력으로 자식들을 공부시키고 결혼시키고 나니 자신의 젊음을 보낸 이 골짜기가 그리워졌단다.

자식들과 아내의 만류에도 불구하고 처음에는 배낭을 메고 한두 달씩 바람처럼 머물다 돌아가곤 했는데 화전을 하던 모든 이들이 떠나간 이 숲에 지금의 움막이 남아 있어서 홀로 짐을 챙겨 들어왔다. 남편의 고집을 꺾을 수 없는 아내가 따라 들어오고 부부는 또다시 외딴 골짜기에서 이웃도 없이 산나물을 뜯고 채전 밭을 일구며 추억처럼 산 생활을 해나갔다. 노년의 생활을 자식들에게 의지하지 않고 염소를 키우고 농사를 지어 생활의 방편을 삼고 가끔씩 찾아오는 자식들에게 도리어 자신들이 손수 지은 농산물을 바리바리 싸주는 재미로 생활의 즐거움을 삼았다. 그러나 세월은 모든 것을 그대로만 묶어두지 않는다. 아이의 몸에 근육이 붙듯 노인의 몸에서는 기운이 빠져나갔다. 아무에게도 간섭받지 않고 새소리 물소리 바람소리를 들으며 마당에 달빛을 들여놓고 유리가루 흩뿌린 것 같은 별을 보고 살지만 산속의 생활은 자신의 육체가 지게에 얹힌 짐을 지고 일어날 수 없으면 힘겹고 괴로운 것이다. 낮에는 마음껏 돌아다니며 풀이나 나무껍질을 벗겨 먹고 돌아다니던 염소들도 저녁에는 한 줄로 늘어서 집으로 돌아오는데 사료를 조금씩이라도 먹여 길들이지 않으면 아예 집으로 들어오지 않는 경우가 생긴다. 처음에는 25킬로그램이나 하는 사료를 두 포대씩 지게에 지고 계곡의 오솔길을 거뜬하게 올라오던 노인도 이제는 힘에 부쳐 사료를 질 수가 없어서 염소를 더 이상 키울 수가 없게 되었다. 관절과 척추가 쇠약해진 할머니가 더 이상 산 생활을 할 수 없을 정도가 되자 자식들의 처지에서도 더 이상 부모님을 산속에 둘 수 없었다.

지난여름 할머니는 다시 도시의 자식에게 떠나고 노인 혼자 이 숲에 남았다. 땔감을 지게에 지고 허청허청 걸어가는 뒤로 늙은 강아지 한 마리가 졸졸 따라간다. 혼자서 밭을 매는 모습이 허전하고 쓸쓸해 보였다. 울타리를 쳐놓은 밭에는 아무것도 심지 않은 이랑이 늘어갔다. 철조망 안에 무성하게 자란 개망초가 하얗게 꽃을 피웠다. 그렇게 여름이 가고 온 산에 단풍이 들어 아람 불은 밤송이가 마당에 툭툭 알밤을 뱉어내도 줍지를 않았다. 가끔씩 자식들이 내려와 아버지를 설득하는 것 같았지만 노인은 여전히 그 집에서 홀로 겨울을 맞았다. 집 뒤란에 흐르는 작은 계곡이 말라 겨우내 한참 아래쪽에 있는 큰 계곡에서 식수를 떠다 드셨다. 오가다 보면 꽝꽝 얼어붙은 계곡에 동그란 구멍을 내고 바가지로 물을 퍼 물통에 담아 지게에 지고 간 노인의 발자국이 눈 위에 오솔길처럼 구부러져 있다.

노인은 끝내 떠나지 않는 이유를 말하지 않지만 모든 잎들이 떨어진 겨울 숲에 느린 연기가 한 줄기 피어오르면 나는 고독한 자의 침묵의 언어를 눈으로 읽는 것 같아 숙연해지기도 한다.

침묵의 언어를 눈으로 읽는 것 같아 숙연해지기도 한다.

먼 도시에서 이곳을 가끔 방문하는 이가 있었다.

도시적인 명랑함과 숲의 고요를 동시에 간직하고 있는 사람이었
다. 그는

내 움막의 양편으로 뻗은 첩첩한 능선과

골짜기 사이로 저 멀리 시야가 트여

푸른 하늘이 거대한 호수처럼 잠겨 있는

이 높이의 전망을 좋아했다. 그가 사는 도시 가로수들이 연분홍
벚꽃 망울을 터트리면,

그곳에도 산 벚꽃이 흩날리느냐고 문득 소식을 물었다.

어느 봄,

골짜기 아래부터 산 벚꽃이 초록의 능선에 연분홍 수를 놓으며
올라올 때

기별도 없이 꽃처럼 웃으며 그가 올라왔다.

계곡물을 건넌 그의 운동화가 젖어 있었다.

보랏빛 물봉선화가 시들어가는 오솔길을 걸어
내 낡은 장화를 버리고 새 장화를 사기 위해 시장에 갔다, 진열
대 위에 놓인
230밀리미터 발목이 가는 장화에 눈길이 멎었다.

다시, 산 벚꽃 잎은 움막 지붕에 흩날리고
검은 비닐봉지에 쌓인 채 부엌 선반에 놓인 장화에
그을음이 끼고 먼지가 앉았다.

뚝배기보단
장맛!

장에서 메주 세 장을 사다 처마에 걸어놓았더니 개 사료를 훔쳐 먹던 박새가 날아와 톡톡 쪼아본다. 볕 좋은 오늘 된장을 담그기로 한다.

처음 몇 해는 된장 고추장을 사 먹었는데 어느 해에 제천에 살고 있는 친구 부인이 메주 두 장을 가져와 계곡물을 떠다가 소금에 풀어 된장을 담가주었다. 한 해도 채 묵히지 않은 된장을 먹었는데도 장맛이 굉장히 좋았다. 이 된장을 먹어본 방문객들은 무슨 큰 비법이 있는 줄 생각하고 누가 어떻게 담근 된장이냐 묻곤 했는데 그냥 웃으며 조그마한 플라스틱 통에 담아 넣어주었다. 그 다음 해부터는 메주 세 덩어리 정도를 사와서 직접 담갔는데 계곡물에 소금을 풀어 계란을 띄워 염분의 농도를 맞추고 숯덩이 몇 개를 넣어 담가두었다가 사십여 일 후에 국 끓여 먹는 데 소용되는 간장을 따라내고 메주를 풀어놓으면 맑은 바람과 깨끗한 물이 알아서 맛있는 된장을 만들어주었다.

봄부터 가을까지는 마당의 작은 텃밭과 양지바른 비탈의 풀밭이 모두 푸성귀 천지여서 된장 한 가지만으로도 풍성한 초록의 식탁을 만끽하는 즐거움을 얻는다. 자연은 게으르게 살아가는 나에게도 철 따라 풍성한 끼니를 제공해준다.

항아리를 씻고 처마 밑에 매달아놓은 메주를 떼다가 반으로 갈라 물가에서 씻고 있는데 웬 아주머니 세 분이 오솔길을 올라 내 움막으로 들어왔다. 먼저 알은체를 하여 허리를 펴고 인사를 하니 건너편 능선의 작은 암자 공양주 보살님과 산 아래 마을 아주머니들이었다. 절에서 삼월 삼짇날이면 산제를 지내는데 밑반찬을 하려고 냉이를 캐러 나오셨단다.

"아유 저 아래는 등산객들이 하도 캐가서 냉이도 귀해요."

마루에 배낭을 내려놓고 물가로 온다. 물 한 바가지 대접하니 입가를 훔치며 잘라놓은 메주를 보고 남자가 이런 것도 하냐며 웃는다. 장난 삼아 하는 것이라고 웃자 공양주 보살님이 절에는 해마다 담그는 된장이 연년이 묵어 십 년 된 된장도 있으니 언제 올라오면 조금 퍼주겠단다. 텃밭과 비탈에 흐드러진 냉이 밭을 가리키며 냉이만 캐가지 말고 밭도 일궈달라고 말하니 깔깔 웃는다. 냉이를 한 보따리 캐고 다시 물가로 와서 소금물을 손가락으로 찍어 맛을 보더니 이제 항아리에 부으면 되겠다며 내일 산신제 때 절밥 먹으러 오라 인사를 하고 오솔길을 내려간다.

"절밥 먹을 때 말고 장 담글 때 불러주세요!"

나도 웃으며 인사한다. 따사로운 봄볕이 까닭 없이 고마운 오후. 양지바른 곳에 된장 항아리를 옮겨 놓고 그들이 헤집고 간 텃밭에서 냉이 한 움큼을 캐 된장국 끓여 밥을 먹는다.

백 일 된
더덕 술!

"야! 이 술 정말 혀끝에 착착 달라붙는데 도대체 몇 년 된 거야?"

"한 십 년 된 거여!"

창고 안에 깊이 감춰두었던 더덕 술을 꺼내 마시고 친구들은 기분이 좋아져서 한마디씩 칭찬을 하는데 나는 속이 편치 못했다. 자신들이 가져온 술이 떨어지자 어디 숨겨 둔 술 없느냐고 채근을 해서 마지못해 꺼내오긴 했지만 사실 이 더덕주는 임자가 따로 있는 술이었으므로.

몇 년 전, 시집 낸 것을 계기로 알게 된 원주 모 방송국의 정 PD 님. 한 번 인연을 맺은 뒤로는 음으로 양으로 걱정과 격려를 해주시며 가끔은 다시다 통조림 양말 휴지 같은 세세한 것까지 챙겨 오기도 한다. 내놓을 찬거리가 마땅찮아 멸치와 취나물 한 줌 넣어 된장국을 끓여도 맛있게 먹고 손을 흔들며 바삐 내려간다. 그런데 어느 날 방송국에 새로 부임한 사장님과 함께 방문을 했다. 고향이 시골이고 어린 시절 지게를 지고 나무를 했던 추억을 갖고 계신 사장님이라 내 숲의 촌스럽고 구차한 분위기를 도리어 좋아했다.

　　사장님은 움막에 올라오자마자 마당 화덕에 맹물을 붓고 불을 지피더니 부지깽이로 장작불을 들추며 옛날에 소죽 끓이던 이야기를 했다. 또 집에는 토종닭 몇 마리를 키웠는데 알을 낳으면 꼬끼오! 소리치며 알 낳았다고 유세를 부리더란다. 그러면 얼른 달려가 알을 꺼내 김을 뿜는 쇠죽솥에 집어넣으면 금방 따끈하게 쪄졌단다. 그날도 또 닭이 꼬끼오! 하고 알 낳았다고 자랑을 해서 이젠 당연하게 알을 꺼내 쇠죽솥에 집어넣었는데 그때 마침 아버지도 그 소리를 듣고 헛기침을 하며 닭장을 이리저리 뒤져봐도 알이 없자 아버지 왈 "저 우라질 닭 새끼는 알도 안 낳고 만날 공갈로 울고 지랄이여!" 하시더란다. 키득거리며 혼자 아궁이 앞에서 알을 까먹는데 조금 미안한 생각이 들었단다. 처음 만난 자리임에도 스스럼이 없고 순수한 마음을 간직한 분이라 즐거운 시간을 보냈다. 겸손한 것이 타인에게 얼마나 큰 배려인가 생각했다.

　　내려가는 길에 무엇을 드릴 것도 없고 해서 전축스피커 위에 장식으로 올려놓은 더덕 술을 한 병 드렸다. 며칠 뒤에 정 PD님한테서 전화가 왔다. 사장님이 더덕 술을 잘 먹었다고 안부를 전하며 다음에 갈 테니 한 병만 담아놓으라 부탁을 하셨단다. 잘 잡쉈다니 고마운 마음에 이 산 저 산을 뒤져 더덕 스무 뿌리를 캐서 술을 담가놓았다. 그런데 오늘 친구들이 벌겋게 물들어 흐뭇한 얼굴로 백 일쯤 된 그

더덕 술을 몽땅 마셔버린 것이다.

나는 설마 또 오기야 하겠어 하며 속으로 위안을 삼고 있는데 정 PD님 전화가 왔다.

"이번 주말에 사장님하고 갈게. 더덕 술 잘 있지?"

순간 당황하여 전화통을 붙잡고 머리를 긁적거리며……

"저기요. 사실은 담가놓긴 했는데 기다려도 안 오셔서 친구들이 다 마셔버렸는데요!"

"그럼 어떡해! 사장님은 자네한테 미안하다고 더덕 값이라도 준다 했는데!"

잠시 황당해하던 정 PD님 하시는 말씀.

"그럼 그 병에다 술이라도 다시 채워 놔!"

수화기를 내려놓고 우습기도 하고 미안하기도 해서 혼자 웃다가 날짜를 보니 수요일이었다. 다급한 마음에 여주 고향친구에게 전화를 했다. "혹시 더덕 술 있어?" "응, 있는데 왜 그래?" 이렇게 고맙고 반가울 데가 있는가. 자초지종을 얘기하니 친구도 웃으며 금요일 저녁에 일 마치고 올라온단다. 얼른 정 PD님께 전화를 걸어 더덕 술을 구했으니 걱정 마시라고 말씀을 드렸다.

드디어 금요일 저녁이 오고 일을 마친 친구 무호가 빨간 뚜껑이 닫힌 커다란 플라스틱 병을 배낭에 넣고 두 명의 친구와 함께 올라왔다. 친구는 둘째 치고 우선 술이 반가워 함박웃음을 지으며 맞이

했다. 문제는 그날 밤이었다. 제법 오랜만에 만난 고향친구들과 어린 날의 얘기 지금의 얘기 섞어가며 웃고 떠들다 보니 자기들이 사온 술이 또 떨어졌다. 깊은 산중에 밤은 깊고 술은 떨어지고 남은 것이라고는 무호가 가져온 더덕 술뿐이었다. 결국은 또다시 더덕 술병의 빨간 뚜껑을 따버리고 말았다.

다음날, 아침 일찍 시내로 달려가 과실주 담그는 독한 술을 사다가 찌꺼기만 남은 빈 병에 붓고는 백일 전에 담근 것처럼 종이에 날짜를 적어 병뚜껑에 붙여놓았다. 오후에 올라오신 사장님과 겉으로는 즐겁지만 내심은 편치 못한 시간을 보내고 내려가시는 길에 더덕 술병을 꺼내 봉지에 넣어드리며 당부했다.

"바로 먹지는 마세요!"

개동백나무와
돌 연못

멀고 깊은 골짜기에서 시작하여 크고 작은 바위 사이로 길을 내며 흘러가는 계곡물은 여름 폭우가 지나가면 급류에 휩쓸린 돌들이 자리를 옮겨 물웅덩이가 사라지기도 하고 새롭게 생겨나기도 한다. 몇 번의 여름을 지나는 동안 움막으로 올라오는 오솔길 옆을 흘러가는 계곡도 작은 변화가 생겼다. 물을 건너가는 징검돌이 사라진 곳도 있고 새로운 웅덩이가 생겨나 잠시 멈추어 땀을 식히고 손으로 바가지를 만들어 물을 마시고 가는 곳도 있다.

흘러가는 물의 정거장인 작은 소들은 그 나름으로 모두 아름답지만 내가 특별히 좋아하는 곳이 하나 있다. 암자로 가는 길과 내 움막으로 가는 오솔길이 갈리는 곳에서 찰랑거리는 물을 건너 얼마쯤 올라오면 사람이 살지 않는 돌집이 하나 있다. 돌집의 낡은 울타리 아래로 휘어진 길이 있고 그 길 아래 작은 소가 있다. 이 작은 돌의 연못은 흘러간 모든 시간을 기억하며 떠나간 이들을 기다리듯 고요하게 물 주름을 지으며 변하지 않는 모습을 간직하고 있다. 가을에는 비탈에 흩날리는 붉은 낙엽을 담고 봄에는 물 위를 떠가는 꽃잎을 담아 제 주름 위에 수를 놓는다.

　사람의 발길이 끊긴 샘가에 늙은 향나무가 있듯 이 작은 돌의 연못에는 한 뿌리에서 여러 갈래로 자라난 커다란 개동백나무가 한 그루 서 있다. 나무는 오래도록 한 자리에서 연못에 그림자를 드리우며 흰 꽃잎을 던지고 누렇게 물든 가랑잎 배를 띄우기도 한다. 먹을 양식을 지게에 지고 이 연못을 지날 때면 늘 같은 자리에 앉아 찰랑이며 흘러가는 물과 물 위에 떠 있는 꽃잎과 낙엽을 바라본다. 가끔 찾아오는 사람들을 마중가거나 돌아가는 이들을 배웅할 때에도 이곳에 앉아 쉬면서 그들의 생활을 듣고 내 생활을 이야기한다. 이 작은 돌 연못은 홀로 서 있는 개동백나무의 거울이며 무심한 계절을 문득 느끼는 내 삶의 거울이기도 하다.
　어느 날 화르르 져버릴 저 꽃.
　올해도 개동백나무에 수십 송이 흰 꽃이 피었다.

자신을
들여다보는
방

움막 건너편 비탈에 작고 아담한 별채가 있다. 시멘트나 흙 같은 기초적인 재료 없이 주변에 흔한 잣나무를 베어 기둥을 세우고 합판으로 벽을 막고 함석으로 지붕을 얹은 단순한 것이지만 그 문 앞에는 '자신을 들여다보는 방'이라는 팻말이 걸려 있다.

어떤 이에게는 허름한 창고처럼 보일지 모르지만 그 공간에 애착을 갖고 있는 이에게는 호화로운 집보다 소중하고 애틋한 공간이 된다.

그와 내가 처음 이 작업실을 지을 때는 화창한 봄날이었다. 계곡에는 졸졸거리며 맑은 물이 흘러가고 나무들은 연초록 잎사귀에 눈부신 햇살의 젖을 물리며 나날이 커가고 산비탈 화전 밭 터에 무성하게 자라는 개망초는 살랑이는 바람에 초록 주름을 산정으로 밀어 올리며 흔들린다. 윗옷을 벗어 느릅나무 등걸에 걸어놓고 측량도 없이 기둥을 세우고 나무를 잘라 낫으로 껍질을 벗기며 못질을 하고 성냥갑 탑을 쌓듯 한 칸씩 올라가는 이 수공예 무허가 목조주택(?)

을 바라보며 우리는 작은 것을 이뤄가는 즐거움에 흐뭇했다.

갈색 초배지로 벽을 바르고 흐르는 계곡물에 걸레를 빨아 정성스럽게 바닥을 닦는 그에게서 첩첩한 산중 고요한 공간 속에 자기 내면에 간직한 자유로움과 고독의 갈망 한 부분을 내려놓고 싶어 하는 한 영혼을 보는 것 같았다.

이 방의 주인 이윤학 시인.

나의 귀한 벗이며 결이 곱고 섬세한 사람이다. 사물을 바라보는 그의 눈은 집요하고 끈질기다. 앉은뱅이 민들레꽃 앞에 몸을 낮춰 앉으면 오므린 봉오리에 이슬이 마르고 아기가 최초의 손바닥을 펴듯 피어나는 꽃잎을 바라보고 마침내 외줄기 꽃대에 행성 안테나 같은 홀씨가 맺혀 바람 속으로 여행을 떠날 때야 비로소 웅크린 몸을 펴고 시선을 거둔다. 잘 알고 있는 것일수록 설명이 필요 없듯 고독한 응시와 깊은 사념으로 걸러낸 그의 언어는 짧고 명징하다. 자기 어머니의 삶 전부를 말하지 않고 머릿수건인 줄 알고 걸레를 베고 마룻바닥에 쪽잠을 자는 뽀글 파마머리 풍경 한 컷을 시로 그려 보여준다. 그가 백지에 풀어놓은 언어의 조각들은 정교하게 결합하여 날카롭게 벼린 한 자루 칼이 된다. 그 칼이 새기는 언어의 그림은 창고 구석에 먼지를 덮어쓰고 있는 낡은 피아노 같은 내 정신의 뚜껑을 확 열어 잠자던 오감을 일깨워준다. 그는 대화를 할 때 가끔 말을 더듬는다. 그것은 낙엽을 보고 있는 자에게 단풍의 아름다움을 말하는

갑갑증 같은 것일지도 모른다는 생각을 한다.

    그는 주로 밤늦은 시간에 온다.
    도시에서 자신의 일과를 마치고 비스듬한 어깨에 서류가방을 메고 사무실 철문을 닫으면 주차장 혹은 갓길 아스팔트에 서 있는 자신의 차가 문득 묶인 개처럼 쓸쓸할 때, 그는 밤길을 달려 '자신을 들여다보는 방'으로 온다.
    그가 도착하는 시간에 맞춰 전등불을 비추며 산길을 내려가면 길도 숲도 어둠에 잠긴 저쪽에서 직선의 불빛 하나가 구부러진 길을 깨우며 올라온다. 밤 열두 시 혹은 새벽 두 시가 되기도 하는 시간에 말 없는 불빛 막대기 두 개가 물소리를 비추고 징검돌을 비추고 서서 이슬 맞는 개망초 꽃밭을 지나 외등이 별처럼 걸린 산속 허공의 움막으로 올라온다.

    그와 내가 툇마루에 앉아 숨을 고르며 한 바가지 물을 떠 나눠 마신다. 그는 배낭을 뒤적여 양말 뭉치를 꺼내 툭 던져놓기도 하고 운동복을 꺼내 하나는 자기가 입고 하나는 내 앞에 내밀기도 한다.
    무엇을 먹을 시간은 아니지만 부엌방에 불을 켠다. 그가 등을 보이고 서서 고등어 토막을 손질하는 동안 나는 손전등을 들고 텃밭으로 가 곤히 잠든 풋고추 몇 개를 딴다. 보글보글 끓어오르는 냄비에 둘만의 숟가락이 들어가고 고등어 한 토막을 젓가락으로 갈라 나눠 먹는 이 말 없음의 시간이 짠 국물처럼 마음에 스민다.

간간히 울던 소쩍새도 잠들고 깜깜한 어둠이 흑백사진처럼 앞산의 윤곽과 비탈의 나무들을 인화해갈 무렵 그는 자신의 방으로 들어가고 나는 내 방으로 들어온다.

내 방 벽 귀퉁이에 한 번도 사용하지 않은 가죽가방이 하나 걸려 있다. 무엇이든 잘 버리는 습성을 가진 내가 오래도록 소중하게 간직하고 있는 물건이다. 십여 년 전 좋은 시 많이 써서 원고뭉치를 넣고 다니라며 그가 내게 선물한 것이다. 비록 그 가방을 들고 다닌 적은 없지만 거처를 옮길 때마다 액자처럼 벽에 걸어놓는 것은 보잘것없는 내 문학적인 재능에 따뜻한 눈길과 애정을 가져준 그의 마음이 가죽가방 속에 담겨 있기 때문이다.

고요한 숲에 벌레소리만 반딧불이처럼 떠다닐 때 총총한 별들과 교신하듯 하늘 아래 노란 등불 하나 켜진다. 거기 들창을 열고 책상 앞에 홀로 앉아 자신의 내면을 들여다보는 그가 있다. 천천히 집요하게 자신의 깊은 동굴로 더듬이를 짚어가며 통증과 회한 그리고 화해를 길어 올리는 두레박에 그의 시가 담겨 있다. 그는 나의 친구며 나는 그의 독자다.

전문가는
따로
있다

누군가 내게 부탁을 하면 "네! 알았습니다" 금방 대답해놓고 혼자서 끙끙거리는 경우가 종종 있다. 원주에 사는 형님 한 분이 칡을 조금 캐 줄 수 있느냐고 묻자마자 "제가 형한테 그것도 못해드려요!" 자신 있게 말하고는 며칠을 미적거리다가 재촉하는 전화를 받았다. 알고 보니 자신이 필요한 것도 아니고 서울에 사는 친구 위장이 안 좋아 걱정을 해서 생색은 자기가 내고 칡은 산에 사는 나한테 부탁을 한 것이다.

내가 뭘 정성이 뻗쳐서 자기 친구 위장까지 챙기지 투덜거리며 삽과 곡괭이를 들고 산비탈을 올라갔다. 그냥 돌아다닐 때는 눈에 띄는 것이 칡덩굴이어서 어떤 것은 나무를 친친 감고 올라가 굵은 동아줄처럼 엮여 있고 어떤 것들은 바닥에 그물망처럼 얽혀져 지게를 지고 가다 걸려 넘어지기도 한다. 그런데 막상 캐려고 하면 쓸 만한 것을 찾기가 쉽지 않다.

칡도 암칡과 수칡이 있다. 줄기가 기름 먹인 동아줄처럼 시커멓고 굵은 것이 나무를 타고 올라간 것들은 대부분 수칡이다. 암칡은 호박넝쿨처럼 바닥으로 줄기를 뻗어간다. 정확한 효능은 알 수 없지만 대부분 암칡이 약이 되거니 하고 캔다. 어쩌면 그렇기 때문에 수칡은 굵은 덩굴을 겁 없이 드러내놓고 아무 나무나 마구 휘감고 올라가 무성한 잎을 자랑하는지도 모르겠다.

억지로 해서 그런지 칡도 잘 캐지지 않았다. 줄기 끝을 더듬어 대가리를 찾으면 몇 년 되지도 않은 것이 줄기만 무성하고, 이건가 싶어 둘레를 파보면 제가 뭔 뿌리 깊은 나무라고 올곧게 직선으로 파고 들어가 애초부터 엄두를 못 내게 했다. 억지로 한 놈을 캐다가 이것도 아닌가 싶어 삽질을 멈추고 옆을 보니 멧돼지가 파놓은 커다란 구덩이가 있다.

순간, 사람에겐 건강 보조식품이지만 멧돼지에겐 주식이니 이놈들이 얼마나 좋은 것을 먹었을까 구덩이를 들여다보았다. 구덩이 안에는 멧돼지 이빨에 잘린 칡이 돌틈에 박혀 있었다. 곡괭이로 돌을 살살 파헤치니 붉은 황토 속으로 굵은 칡의 몸뚱이가 나왔다. 잘됐다 싶어 삽으로 구덩이를 넓혀 들어가니 칡은 점점 더 굵어지는 몸뚱이를 보여주었다. 이렇게 멧돼지와 바통 터치를 하고 굴을 파고 들어가니 칡은 또 웬일인지 방향을 틀어 비탈 쪽으로 뿌리를 뻗어갔다. 삽과 곡괭이로 번갈아가며 일 미터쯤 뿌리를 따라가니 보너스처럼 칡은 양 갈래로 갈라졌다. 이제는 짜증난 것도 잊어버리고 무슨 횡재한 듯이 신나게 삽질을 했다. 그렇게 칡을 다 캐니 거의 20킬로그램은 나갈 것처럼 무거웠다. 결국 멧돼지가 먹은 것은 머리 쪽 조금이고 나머지는 내가 다 가진 셈이 되었다. 물가로 옮겨와 흙을 씻고 작두로 토막을 내어 박스에 담아 놓았다.

　라면 한 박스를 짊어지고 형님이 칡을 가지러 올라왔다. 창고에서 가져온 칡을 보더니 형은 흐뭇한 눈길을 주며 "그래, 이걸 캐느라 얼마나 고생했어!" 치레를 한다. "아유! 얼마나 고생을 했는지 앞으론 이 짓 안 할래요." 이렇게 말해야지 머릿속으로 잔뜩 다짐을 하고 있었는데 그 말은 안 나오고 엉뚱한 말이 튀어나왔다.
　"뭘 이런 걸 가지고, 제가 칡 캐는 전문가잖아요!"

협죽도
필
무렵

　해마다 유월이 오면 움막으로 올라오는 오솔길을 따라 심어놓은 협죽도가 꽃을 피운다. 개망초꽃과 어우러져 보랏빛 꽃망울을 터트리고 향기를 뿜어대는 협죽도 꽃길은 가쁜 숨을 몰아쉬며 산길을 올라온 이들에게 마치 은밀한 숲속의 정원으로 들어가는 입구처럼 낯선 고요함을 준다. 꽃이 무성해지면 서로 비켜가기도 비좁은 오솔길이지만 굳이 낫으로 풀과 꽃을 다듬어 길을 넓히지 않는 것은 가슴으로 꽃을 밀고 제 거처로 돌아오는 낭만을 포기하고 싶지 않기 때문이다.

　이 협죽도가 보랏빛 꽃 터널을 만들며 피어나면 어디서 오는지 검은 제비나비들이 날아와 꽃잎을 옮겨 다니며 하늘거리는 춤을 춘다. 제비나비는 크기가 아기 손바닥만 한데 긴 대궁 끝에 뭉쳐 피어 있는 꽃에 앉지 않고 허공에서 날갯짓을 하며 꽃 속으로 대롱 같은 혀를 밀어넣는다. 자신의 몸이 꽃보다 무거운 것을 알아 그 꽃잎에 함부로 앉지 않는 나비의 마음을 아는 듯 협죽도는 분꽃처럼 긴 꽃을 번갈아 피워가며 제비나비와 함께 여름을 건너간다.

　　나비들이 돌아가고 해가 서편 능선 나무 그림자를 길게 늪혀 눈부심이 사라진 잔광 빛으로 초록이 먹먹해지는 시간에 꽃을 흔들며 한 청년이 오솔길을 올라왔다. 등산객이라면 이미 마음이 급해져 산을 내려가는 시간이고 목적이 있어 찾아온 사람이라면 아는 얼굴일 텐데 배낭도 없이 성큼성큼 올라오는 그는 분명 나와 처음 대면하는 이였다. 마당에 올라와 누구 아니냐고 물어 그렇다고 대답하고 얼떨결에 수인사를 나눈 그의 모습은 얼핏 본 것보다 앳되고 인상이 깔끔했다. 말투가 공손하고 목소리가 투명하여 몇 마디 나누지 않아도 자신의 됨됨이를 보여주는 호감이 가는 청년이었다.

　　안성에서 오전 열 시쯤에 무작정 출발해서 구룡사가 있는 치악산 북단의 매표소를 비롯해 몇 군데를 헤매다 마지막으로 들른 이곳 금대리 매표소에서 물어물어 간신히 찾아왔다는 말을 듣고 나는 쑥스럽고 민망했다. 그의 말을 끊고 우선 라면부터 끓였다. 그가 배가 고프고 아니고의 문제를 떠나 깊은 산골짜기를 향해 무작정 길을 떠났다는 말에 그냥 라면이라도 하나 끓여야 한다는 생각이 들었다.

　　라면을 젓가락에 둘둘 말아 손에 들고 그는 얘기를 계속했다. 대학을 졸업하고 고시공부를 했는데 시험에 실패를 했다. 계속 도전할 것인가를 고민하던 어느 날 자신의 인생은 법관이 아니라 봉사하는 삶이라는 계시 같은 꿈을 꾸었다. 너무나 생생하여 어느 요양원을 찾아갔는데 정말로 꿈에서 본 것처럼 낯이 익은 곳이었다. 마음에 전율을 느끼고 그곳에서 몇 개월 봉사를 하다가 그 길로 진로를 결정

하고 정식으로 근무를 하게 되었다. 어려운 일도 있었지만 몸이 불편한 이들을 돌보며 보람을 느끼고 자신이 정한 삶의 방향에 확실한 신념을 갖게 되었을 즈음 같은 곳에 근무하는 여성을 만나 사랑을 하게 되었다. 그녀는 어린 시절부터 봉사하는 삶을 사는 부모님 밑에서 성장하며 자연스럽게 그 길을 가고 있는 여성이었다. 그보다는 몇 살 연상의 그녀는 그를 만나기 전에는 독신을 고집했었는데 서로 인연이 되어 약혼을 한 사이가 되었으니 이것도 어떤 섭리 같다고 말하며 착하게 웃었다. 정말로 꿈같은 이런 이야기를 그가 아닌 사람에게 들었다면 웬 싱거운 소리냐고 생각했겠지만 정갈한 외모와 순수하고 꾸밈없는 말투에 처음 보는 사이인데도 아무런 의심이 가지 않고 흥미롭고 재미있었다. 그가 뜬금없이 이곳을 찾아오게 된 이유는 예비 장모님을 위해서였다. 장모님은 요양원을 이끌어가는 책임자였다.

우연한 기회에 내가 쓴 짧은 글 한 편이 일간지에 실린 적이 있는데, 모든 잎들이 떨어진 겨울밤 마당에 서 있는 늙은 밤나무 가지에 차고 깨끗한 별들이 무수히 걸려 있다는 내용이었다. 신문을 보던 장모님이 마침 그 글을 읽고 옆에 있던 예비사위와 자신의 어린 시절 고향 밤하늘에 떠 있던 별들의 이야기며 이런저런 추억을 얘기 나누다가 문득 지나가는 말로 거기 한 번 가보고 싶다고 말하는 것을 새겨듣고는 글 끝에 적혀 있는 치악산 어디 화전마을을 생각해두었다가 오늘 이렇게 혼자서 사전답사 겸 찾아왔다는 것이다.

장모님 모시고 요양원 식구들과 꼭 찾아오겠다며 어둑해지는 협

죽도 꽃길을 내려가는 그의 뒷모습을 보면서 마음이 따뜻해지는 것
을 느꼈다. 사람에 대한 배려란 저렇게 작은 소리에 귀 기울여 그것
을 잊지 않았음을 보여주는 것이다.

속아주는
즐거움

수채화에 물감을 덧칠하듯 하루하루 연초록 싱그러움이 선명해지는 오월의 숲.

푸르러지는 나뭇가지마다 장난감 그네를 매달고 까르르거리는 새들의 웃음소리에 잠귀가 열리면 나도 늦잠꾸러기 새처럼 홑이불 속을 빠져나와 방문을 열고 툇마루에 앉는다. 밤새 흘러간 계곡물의 촉촉한 습기와 쑥쑥 자라나는 풀들의 향기로운 몸 냄새가 섞여 있는 아침 공기를 마신다.

햇살이 능선을 넘어오기 전에 훤하게 밝아오는 봄날 아침의 고요는 다른 어떤 것으로도 채울 수 없는 평화와 행복을 준다. 다시 뜨거운 해가 솟아오르고 삶의 한낮으로 돌아가 욕심을 부리고 시기하고 갈등하는 하루가 기다리고 있다 할지라도 지금 이 순간에는 평온하고 너그럽고 감사한 마음속에 있다.

벌써 무릎까지 키를 세우고 하얀 꽃망울을 동글동글하게 맺고 있는 망촛대 사이로 지게를 지고 내려간다. 숲으로 올라오는 길 입구에 놓아둔 비료 한 포대를 가지러 가는 길이다. 초록의 도랑을 흘러가듯 길바닥에 돋아난 질경이를 밟으며 가는 길이 폭신하고 상쾌하다. 첫 번째 계곡으로 접어드는 비탈길에 들어서는데 망촛대 숲에서 병아리 소리가 들린다. 순간적으로 두리번거리는데 바로 눈앞으로 날개를 다친 산 꿩 한 마리가 절뚝거리며 앞질러간다. 다람쥐를 쫓아가는 강아지처럼 나도 모르게 어미를 쫓아가고 있었다. 곧 잡힐 듯이 비틀거리며 비탈을 내려간 산 꿩은 포르륵 날아 계곡을 건너갔다.

제 머리를 손으로 한 대 치고 혼자 웃은 것은 징검돌을 건너고 나서였다. 새끼를 지키려는 어미 꿩에게 한 순간 속았던 것이다. 그 뒤로 망촛대가 머리에 흰 꽃망울을 매다는 때 그곳을 지나면 절뚝거리며 앞질러 가던 어미 꿩을 생각하고 혼자 웃는다.

그때는 한 순간 속았고 오늘은 알면서 속아주었다.

취나물을 조금 뜯어 데쳐서 말려놓으려고 바구니를 들고 뒷산으로 갔다. 천천히 산책 삼아 가는 길에 표고버섯 종균을 넣어 그늘에 세워둔 참나무 둥치를 확인한다. 엊그제 내린 봄비를 맞고 탁구공만 한 표고버섯이 몽글몽글 얼굴을 내밀었다. 먹을 만한 것을 골라 따서 바구니에 담는다. 이렇게 한 번 버섯나무를 만들어놓으면 봄가을로 버섯이 나오는데 사오 년 동안은 잘 따 먹는다. 더러 때맞춰 찾아오는 방문객들에게 조금씩 나누어주면 향이 짙고 맛이 좋다는 인사를 받는다. 그럴 때는 으쓱한 기분이 들고 작은 즐거움을 느낀다.

취나물을 뜯으러 왔지만 꼭 취나물만 뜯는 것은 아니다. 양지바른 비탈을 두리번거리며 거슬러 올라가다 보면 갈참나무 낙엽 사이로 순을 내밀고 덩굴을 뻗어가는 산 더덕을 만나고 다래덩굴에 휘감겨 몸을 숨긴 두릅을 만나기도 한다.

너럭바위에 앉아 장화를 벗어 흙을 털고 숨을 고르면 첩첩한 능선에 시원한 바람이 불고 살랑거리는 초록 잎 사이로 햇살이 부서져 내린다. 올라올 땐 보이지 않던 나물이 내려올 때 발 앞에 있고 저쪽 비탈을 올라가면 반대편 숲의 두릅이 보인다. 발 아래 것은 따고 조금 떨어진 데 것은 그냥 지나치며 산길을 내려온다. 듣지 못했던 물소리가 다시 들리고 재잘거리는 새소리에 고개를 돌린다.

푸른 이끼 덮인 바위틈에 금낭화 한 포기가 연분홍 초롱을 총총총 매달고 피어 있다. 어느 시인이 장독대에 빼놓은 어머니의 틀니 같다고 표현한 저 꽃! 몇 걸음 옮겨 꽃구경 가는데 조막만 한 멧새 한 마리가 갑자기 포르륵 포르륵 날개 다친 새처럼 앞서가며 길을 막는다. 어어! 벌써 새끼가 둥지를 나왔나? 쳐다보다 퍼뜩 한 생각이 들고 웃음이 났다. 요놈이 또 나를 유혹하네, 그럼 속아줄까 하면서 쫓아가는 시늉을 하니 새는 도망가는 시늉을 한다. 얼른 돌아서서 주위를 가만히 살펴보니 마른 억새풀 한 무더기에 막 새 풀이 솟는데 그 속 아늑한 둥지에 처녀 새끼손톱 같은 뽀얀 새알 여섯 개가 들어 있다. 허리를 굽혀 한 번 만져볼까 하다가 빤히 들여다보기만

하고 걸음을 옮긴다. 새알을 만지면 불안한 어미는 다시 둥지를 틀고 알을 옮기는 수도 있다.

날개 다친 흉내를 내며 조만치 바닥에서 멀뚱히 쳐다보는 조막만한 어미 새에게 손을 흔든다.

"나, 아무것도 안 봤다!"

그게
입으로
들어가겠어요!

커피 한 잔 마시려고 물을 끓이고 있는데 "자네, 있나!" 괄괄한 목소리가 들린다. 굳이 문을 열지 않아도 아랫집 염소 할아버지인 줄 아니까 내다보지도 않고 "네, 잠깐만요!" 하고 커피 두 잔을 들고 툇마루로 나가니 마루에 걸터앉지도 않고 서서 내 얼굴을 빤히 쳐다보는데 어째 심상치 않다.

"자네, 개들 어디 갔나?"

커피는 거들떠도 안 보고 다짜고짜 우리 개들을 찾는다.

"아 그놈들이야 눈만 뜨면 싸돌아다니는데 어디 갔는지 알아요, 근데 왜요?"

"우리 집 좀 가보게!"

뒤도 안 돌아보며 돌계단을 내려간다. 엉겁결에 마시던 커피 잔을 내려놓고 장화를 꿰신고 뒤따라가는데 허청허청 앞서가는 폼새가 얼굴을 보지 않아도 뭔가 단단히 화가 난 것이 틀림없다. 이놈의 개 새끼들이 빈 집에 들어가 파밭을 뭉개놨나 아니면 노인네 발바리를 두 놈이 물어뜯어 반병신을 만들었나. 아무튼 칭찬받을 일 같지는 않아 머릿속 수많은 잡생각에 걸음은 쭈뼛거린다.

　그나저나 아침부터 안 보이는 우리 개들은 작년 3월 서울에 사는 동생 성희가 형님이 산속에 살면서 개를 키우려면 이 정도는 되어야 한다며 진돗개에 대한 찬사를 일장연설하고 젖 뗀 지 열흘도 안 된 강아지 두 마리를 데리고 올라와서는 개 족보까지 놓고 간 놈들이다.

　"야, 치악산에 왔으니 이름은 치돌이 치순이로 하자!" 하니 말로는 들었지만 보기는 처음인 개 족보를 펼쳐 보이며 이름은 현무 현미라고 동사무소 호적에라도 올려놓은 것처럼 못 박아 놓았다. 그리고 당부하기를 개를 절대로 묶어놓지 말고 물가로 산으로 뛰어다니게 놓아두란다.

　"애들이 한 일 년만 크면 이제 형님은 꿩고기 토끼고기는 실컷 먹을 겁니다!"

　"아이고 고기 사 먹을 일 없겠네!" 웃으며 대꾸는 했지만 툭하면 꿩이나 토끼 쥐 같은 것들을 마루 앞에다 물어다놓는 놈들을 상상해보니 정말로 그렇게 된다면 그것도 큰일이라는 생각이 들었다. 그렇게 나와 동거를 시작한 놈들은 처음부터 목사리를 채우지도 않고 문도 닫아놓지 않는 개집에서 그야말로 자유롭게 키웠다.

　제 가고 싶은 곳을 마음껏 돌아다니며 커가는 현무 현미는 털에

윤기가 흐르고 항상 생기가 넘치고 군살 없는 몸매를 갖게 되었다. 둘이서 짝을 이뤄 다녀 그런지 행동반경도 넓어져 아침에 나가면 저녁에나 들어오기 일쑤였다. 어떤 날은 능선을 두어 개 넘어가는 영원사 절 마당을 기웃거린다고 공양주 보살님한테 말을 듣고 4킬로미터나 떨어진 계곡 초입의 관리소까지 내려가 야영객들이 유기견 신고를 한다고 사무소에서 올라오기도 했다. 그럴 때마다 남의 애 때리고 들어온 자식 둔 부모처럼 "예예 죄송합니다!" 인사를 하지만 고라니를 쫓아서 비탈을 내달리고 가끔 움막으로 내려오는 멧돼지를 향해 겁 없이 달려드는 놈들을 보면 흐뭇하기도 했다.

유일한 이웃인 염소 할아버지 움막 입구에 다가서자 발바리가 뛰어나와 주인 보고 꼬리 치고 나 보고 짖고 우왕좌왕하는데 침묵 끝에 입을 연 할아버지 "그래, 너 언제까지 개를 풀어놓고 키울 거여!" '자네'에서 '너'라고 격하된 호칭이 노인의 기분을 대변했다. 대꾸도 없이 뒤꼍 물가로 가서 나는 할 말을 잊었다. 모가지가 꺾어지고 등짝 털이 뭉텅 빠져 죽어 나자빠진 닭이 수북이 쌓여 있었다. 억울하기도 한 맘에 패대기치듯 한 마리씩 세는데 열한 마리나 되었다. 염소 할아버지 말인즉 평소에도 우리 개들이 닭장을 기웃거려 돌멩이를 집어던지고 호통을 쳐 쫓았는데 오늘 영원사 스님하고 공양주 보살이 내려와 절에 잠깐 다녀왔더니 이 지경이 되었단다.

"그래 자네 어떡할 거여!"

난감하고 미안하고 짜증나고 처참하기도 한 이 상황을 어찌한단 말인가!

속으로야 '우리 개가 물어 죽이는 걸 보셨나요, 이 집 개는 뭘 했대요, 아 산에 닭 잡는 짐승이 개밖에 없나, 들고양이도 있고 삵도 있을 텐데……' 대꾸라도 한 번 하고 싶었지만 상황이 어디 그럴 분위기가 아니었다. 하는 수 없이 기죽은 낯빛으로 "그래 어떻게 해드리면 좋겠어요?" 설왕설래 끝에 그래도 이웃지간이고 사람이 한 짓도 아니고 짐승끼리의 일이니 죽은 닭과 그동안 먹인 사료 네 포대를 변상하기로 합의를 봤다. 마침 다음날이 원주 장날이었다. 불편한 자리를 간신히 모면하고 움막으로 올라오니 마침 들어와 있던 개새끼들이 어딜 갔다 이제 오느냐고 쫓아 나와 꼬리를 치고 핥으며 도리어 나를 원망한다. 이걸 팰 수도 없고 그냥 넘어가기는 약이 오르고 미치겠지만 해는 뉘엿하고 그늘진 숲은 적막한데 개를 패고 있은들 무엇하랴! 개집에 가두고 사료 한 바가지와 물을 담아 밀어 두었다.

다음날 일찍 원주에 사는 진 선생님한테 전화를 걸어 차를 빌렸다. 제약회사에 근무를 하다 정년퇴직한 진 선생님은 운동 삼아 등산을 다니다 이 골짜기 내 움막을 알고 가끔 들르다가 이제는 꽃모종을 가져오고 가끔 묘목도 사다 심으며 자신의 정원 삼아 자주 올라오는 처지다. 둘이서 원주천 제방 둑 밑으로 길게 늘어서는 오일장터로 갔다.

장터를 여기저기 기웃거리며 있자니 1톤 트럭에 파란색 포장을 씌운 닭장차가 도착했다. 철망에 담긴 닭을 좌판에 내려놓기도 전에 값을 물어보니 오골계는 육천 원이요 육계 닭은 오천 원이란다. 오골계 다섯 마리 육계 닭 열 마리를 종이 박스에 담고 개시開市니 좀 깎아 달라니까 "개시부터 깎아달라는 게 어디 있냐!"며 면박만 당하고 건너편에서 사료 네 포대를 싣고 올라와 주차장에 차를 세웠으나 산길 2킬로미터를 지게로 져 나를 일이 막막했다.

닭은 진 선생님이 손에 들고 나는 우선 사료 두 포대를 지게에 얹었다. 애인을 지고 가도 무거울 판에 개의 죗값 물어주러 50킬로그램 나가는 사료를 지고 가려니 등짐이 배나 무거웠다.

끙끙거리고 움막에 도착하니 진 선생은 앞에서 기다린다며 닭이 든 박스를 내려놓고 물러섰다. 닭을 먼저 옮겨 평상에 올려놓으며 헛기침으로 인사를 하고 문 앞에 세워둔 사료 지게를 지고 갔더니 마당으로 나온 노인네는 시큰둥하게 닭을 쳐다보면서 자기가 사온 닭은 훨씬 컸는데 어째 이건 병아리만 하다면서 트집을 잡을 기세다. 못 들은 척 사료를 내려놓고 아래 주차장에 가서 두 포대 더 져온다고 말하니 털도 안 벗긴 오골계 두 마리를 평상에 내놓고 가져가란다. 대꾸할 기분도 아니어서 다리 네 개를 잡고 늘어뜨려 들고 나와 진 선생에게 주고 먼저 올라가시라고 했다. 몇 번을 쉬어가며 간신히 남은 두 포대를 져다 주고 나머지 잔소리를 마저 들으며 다시 한 번 머리를 조아리고 터덜터덜 빈 지게를 지고 올라오는데 갑자기 허기가 졌다.

　움막으로 올라오자 개들이 먼저 낑낑거리며 왜 저흴 가뒀냐고 철망을 흔드는데 못 본 척하고 올라왔다. 그사이 진 선생은 오골계 털을 뽑고 산당귀 오가피가지 엄나무를 집어넣고 화덕에서 팔팔 끓이고 있다. 물가로 가서 홀랑 벗고 바가지로 물을 퍼 샤워를 하고 옷을 주워 입고 마당으로 오니 김이 확 올라오는 솥뚜껑을 열고 쟁반에 오골계를 담으며 진 선생이 히죽 웃는다.

　"개 덕분에 우리가 몸보신 하네! 어이 와 먹자구!" 하는데 갑자기 심술이 난 나는 속으로 '누가 우리래!' 지껄이며 부엌방으로 들어가 밥을 한 그릇 퍼 돌나물을 뜯어 담가놓은 물김치에 말아들고 마당으로 나왔다.

　"내가 지금 그게 입으로 들어가겠어요!" 투덜거리는 입에서 밥풀이 튀어나왔다.

애기 새와
산삼

흙벽에 기대놓은 통나무 의자에 앉아 해바라기를 한다.

마당에 세 그루 서 있는 개복숭아나무는 몇 날 화사하던 연분홍 치마를 벗고 초록 앞치마를 두른다. 꽃 진 자리마다 앵두만 한 복숭아가 맺혔다. 고야나무 산벚나무 능금나무도 모두 꽃 진 자리에 열매를 달고 자태를 뽐냈던 꽃나무들이 모두 초록빛 하나로 통일을 하고 저마다의 한 삶을 시작하고 있다. 이끼나 풀뿌리를 물고 분주히 날아다니던 새들은 어느새 애벌레를 입에 물고 나뭇가지에 앉아 두리번거리며 망을 보다가 제집으로 쏙 들어간다. 사람의 일상도 저와 같아서 갓 시집온 처녀들의 시작도 그렇다고 생각하니 웃음이 난다.

한두 번 봄비를 맞은 고추모종이 불쑥 자랐다. 성급한 놈은 크기도 전에 머리에 하얀 고추 꽃을 매달고 봄볕에 애기고추를 슬쩍 드러내놓기도 한다. 싸리가지와 참나무가지를 잘라 만들어놓은 지지대를 들고 성큼성큼 밭고랑으로 간다. 고추모종 사이에 드문드문 꽂아 줄을 엮어놓는다. 고추는 모종 밑에서부터 움터 나오는 잔가지 싹을 잘

라주어야 고추가 많이 달린다고 해서 새싹을 손으로 훑어 외줄기로 만들어 놓는다. 옆 고랑에 심어놓은 방울토마토와 가지 모종에도 지지대를 세워주었다.

농사라고 하기엔 쑥스러운 이 텃밭에는 감자 세 고랑 고추 두 고랑 방울토마토 네 그루 가지모종 여섯 포기 마디호박 네 포기가 전부다. 농부의 마음이란 밭둑을 좁혀서라도 조금씩 작물을 늘려 재배하는 것이 재미고 보람일 텐데 내 텃밭은 어째 갈수록 늘어나기는커녕 오그라든다. 처음에는 밭고랑도 길게 만들어 상추 아욱씨도 뿌리고 얼갈이배추 시금치 부추씨도 가득 뿌리고 했는데 무성하게 올라오는 야채를 감당할 수가 없어 몇 번 뜯어먹고는 지쳐버려 나중에는 잡풀과 어우러져 야채 꽃밭이 되어버렸다. 잔뜩 심어놓고 꽃을 보는 것도 즐거움이긴 하지만 그래도 먹을거리를 낭비하는 아까운 생각이 들어 조금씩 밭고랑을 줄여나간 것이 이제는 열 평 남짓하다.

물가에서 호미를 씻고 양말을 벗어 빠는데 풀을 뽑느라 호미질을 한 상추밭에 노랑지빠귀가 내려앉아 기웃거린다. 고개를 까딱거리며 돌아다니더니 애벌레 한 마리를 물고 날아올라 창고에 늘어진 빨랫줄에 앉는다. 요놈이 어디로 들어갈까 가만 지켜보니 총총 옆으로 옮겨가 창고 처마 밑 작은 구멍으로 들어간다. 아무리 산이 넓고 숲이 우거져 빈 터가 많아도 새들에게도 집을 짓기 좋은 명당이 있는지 창고 안에는 해마다 새끼를 쳐 나가는 집터가 두세 곳 있다. 저 구멍으로 드나드는 놈은 꼭 창고 벽 위에 걸린 선반 구석에 집을 짓는다. 새끼에게 먹이를 준 어미 새는 금방 나와 먹이를 구하러 또 포르륵 날아간다.

문득 며칠 전에 날개 다친 시늉을 하며 나를 유혹하던 어미 새 생각이 났다.

새집을 찾아가는 비탈의 풀밭은 그사이 한 뼘이나 불쑥 솟고 노란 애기똥풀 꽃이 무더기로 피어나고 산씀바귀 꽃대에는 별 부스러기 같은 꽃들이 다닥다닥 맺혀 있다. "여기 어디쯤이지!" 두리번거리는데 그 어미 새가 불쑥 튀어나와 또 날개 다친 시늉을 하며 유혹한다. 마치 아는 사이처럼 반갑고 웃음이 났다. 살며시 허리를 굽히고 새집을 들여다보고 짧은 순간에 짜릿한 전율을 느낀다. 국자보다도 작은 둥지 안에서 솜털이 알몸뚱이도 다 덮지 못한 빨간 새끼들이 꼬물거리고 있다. 아직 눈은 뜨지도 못해서 성냥대가리만 한 검은 반점에 막이 씌워져 있다. 귀는 열려 있는지 먼저 간신히 목을 가눈 새끼가 고개를 하늘로 쳐들고 새빨간 입을 쫙 벌리는데 붉은 입속과 몸뚱이가 한 색이다. 그 쫙 벌어진 입속에 넣어줄 게 없는 것이 미안한 생각이 들었다.

나에게는 그날이 그날 같은 짧은 몇 날의 시간이었을 테지만 저 새들에게는 물에서 육신을 만들어 알을 깨고 나와 세상의 하늘을 향해 새빨간 입을 찢어지게 벌리는 생명의 시간인가. 마치 한 깨달음을 얻은 것처럼 혼자 으쓱하다가 그래 이 기념으로 사진 한 장 찍어두자 생각하고 다시 돌아와 카메라를 가지고 올라갔다.

그새 다시 집에 들어간 어미 새가 또 놀라 포르륵 하는데 이번에는 조금 미안했다. 그래도 어쩔 수 없이 새집 입구에 가려진 억새풀을 약간 젖히고 사진을 찍는다. 무슨 나쁜 짓을 하는 줄 알고 바닥을 푸덕거리며 안절부절못하는 어미 새에게도 카메라를 대고 기념사진을 찍었다. "미안해, 다신 안 올께!" 인사를 하고 새에게는 가슴을 쓸어내릴 일이지만 나는 유쾌한 마음으로 풀꽃을 헤치며 숲길을 내려왔다.

취나물 머윗잎 씀바귀 돌나물에 더덕 한 뿌리까지 푸성귀 나물 밥상을 잘 차려 점심을 먹고 찍어놓은 사진이 궁금해 컴퓨터에 옮기고 천천히 한 장씩 넘기며 애기 새들의 표정과 몸짓을 감상하다가 삐딱하게 찍힌 어미 새의 사진이 나왔다. 마우스를 클릭하며 사진 한 컷 한 컷을 확대해 보다가 어미 새 사진 발치 아래 펼쳐진 풀밭에 봉긋 솟아 있는 풀잎에 다섯 장의 이파리가 희미하게 보였다. 어, 저건 뭐지? 장화 신을 겨를도 없이 발에다 슬리퍼를 꿰는 둥 마는 둥 하고 새집으로 달린다. 설마 하면서도 간절히 바라며 허겁지겁하는 내 발길에 애기똥풀 꽃이 마구 짓밟힌다.

　시간의 소중함 어쩌고 하면서 오늘 깨달은 척한 한 생각은 산삼 앞에서 순식간에 도로아미타불이 되었다.

그대, 아직도
거기에
살고 있는가!

내가 살고 있는 곳은 치악산 남쪽 산자락을 흘러내리는 금대계곡을 거슬러 올라 해발 700미터에 있는 질아치 골짜기의 움막집이다. 이곳은 예전에 사십여 가구의 화전민들이 살던 산속 마을이다. 모두가 가난하던 시절 세상에 등 기댈 곳 없는 사람들이 배고픈 식솔을 이끌고 하나 둘 모여들어 얼기설기 흙집 짓고 산비탈에 불을 놓아 수수 조 콩을 심어 한 시절을 건너가던 화전마을. 지금은 그들이 모두 떠나고 허물어진 돌담의 흔적만 여기저기 흩어져 있다. 누군가 찬물을 길어 먹던 샘에는 향나무 한 그루가 홀로 늙어 가랑잎 고인 물가에 그늘을 드리우고 있다. 사람이 떠나간 자리에는 망초대가 돌아오고 오리나무 상수리나무 잣나무가 우거져 이제 떠나간 이들의 흔적마저 희미해졌다. 내가 처음 이 골짜기에 들어올 때에는 용케 세월의 무게를 감당한 서너 채의 움막이 물이 흐르는 골짜기를 따라 띄엄띄엄 남아 있었고 그 가운데 맨 꼭대기에 위치한 마지막 화전민의 움막이 나와 연을 맺었다.

2003년 7월. 마침 비어 있던 이 움막에 잠시 머물다 떠날 여행자처럼 들어왔다. 곳곳에 쳐진 굵은 거미줄을 걷어내고 곰팡이가 피어 있는 방문을 열어 환기를 시키고 방바닥에 초배지를 바르고 두껍게 먼지가 내려앉은 아궁이 가마솥에 걸레질을 했다. 쌀 한 포대를 들여놓고 된장 고추장 같은 양념들을 장만하고 움막 앞을 흐르는 작은 계곡물을 냉장고 삼아 반찬통을 담가놓으며 장난처럼 시작한 생활이 어느덧 구 년째로 접어든다. 이제 나는 여행자가 아니라 이 숲의 생활인이 되었다.

숲에서 홀로 살아가는 것에 대해서 어떤 이들은 철학이나 종교를 말하고, 자기 구도적인 극단의 고독이나 사색을 말하기도 한다. 하지만 나는 숲에서 살아가며 얻어진 자유로운 많은 시간을 자신을 통제하며 교양이나 지식 같은 것들을 머릿속에 집어넣어 사람 사이의 관계를 규정하고 그들과의 대화에서 좀 더 나은 위치에 있다는 자부심을 느끼며 살아가고자 하는 것에 뜻을 두기보다는 최대한 자신을 풀어놓아 매일 눈뜨면 마주하는 나무와 풀, 새소리 바람소리 짐승의 발자국소리에 귀 기울이며 나도 그들과 별반 다르지 않다는 생각으로 살고 있다.

쨍쨍 얼어붙어 있던 시간을 부드러운 바람이 어루만지면 숲은 숨을 쉬기 시작한다. 바위를 뛰어내리다 얼어붙은 계곡의 물방울들은 투명하고 기묘한 형상에서 깨어나 가장 낮은 물길을 찾아 흘러가기 시작한다. 깊은 뿌리를 가진 나무들은 수분을 끌어올려 허공의 마른가지 끝에 움트는 씨눈에 젖을 물리고 부드러워진 흙을 비집고 새싹이 올라온다.

어떤 꽃을 피워 올릴지 아직은 알 수 없는 앉은뱅이 풀들이 여기저기서 불쑥불쑥 올라올 때 호미를 들고 양지바른 텃밭이며 닭장 옆을 오리처럼 뒤뚱거리며 냉이와 달래를 한 움큼 캐서 새봄맞이 첫 냉잇국을 끓여 먹는다. 어디서 추운 날들을 견디고 왔는지 나뭇가지를 옮겨 다니며 노래를 부르던 노랑지빠귀 박새들이 호미로 헤집을 흙으로 내려와 꼬랑지를 흔들며 무엇을 쪼아 먹고 포르륵 날아간다. 물가의 생강나무는 산수유 꽃처럼 노란 꽃을 피워 다른 꽃나무에 소식을 전하고 앞산 비탈에는 고라니가 뛰어가며 밟은 돌이 굴러 떨어지는 소리가 들린다. 이렇게 봄은 입학식을 하는 학교 운동장처럼 재잘거리는 새 생명들을 숲으로 불러 모은다.

겨우내 아궁이에서 퍼낸 재를 묻어둔 화장실 문을 활짝 열고 그 재를 퍼 텃밭에 뿌리고 삽으로 갈아엎는다. 농사라고도 할 수 없는 작은 텃밭에 상추 아욱 쑥갓 시금치 부추 씨를 뿌리고 시내에 나가 호박 오이 가지 방울토마토 고추모종을 사다 심는다. 내 텃밭은 살아가며 조금씩 넓어지는 것이 아니라 도리어 조금씩 작아지고 있다. 처음에는 한 10미터 되는 이랑에 한 가지씩만 파종했는데 깨알만 한 씨앗이 흙을 밀어올리고 싹을 내미는 경이로움에 그것을 보려고 한 봉지의 씨앗을 모두 뿌렸고 나중에는 이 무수하게 자라나는 채소들을 감당할 수 없는 지경에 이르렀다. 가꾸지 않은 밭 얼갈이배추에서 노란 꽃이 피어나고 쑥갓에도 예쁜 꽃들이 피어나 결국 야채밭이 아니라 작은 꽃밭이 되어 나비들이 하늘거리며 날아다니고 날개를 접고 쉬기도 했다. 손수 가꾼 야채가 밭에서 짓물러가는 것을 보는 것도 아깝고 또 그때쯤이면 자연에서 스스로 자라나는 취나물 참나물 우산나물 머위…… 오히려 농사지은 것보다 더 다양한 나물들이 우후죽순으로 솟아난다. 그래서 조금씩 줄어들던 텃밭이 이제는 말 그대로 손바닥만 해져서 어떤 때에는 방문객들이 올라오면 조금 민망한 생각도 들었다. 지난해에는 감자를 세 두둑을 심었는데 나중에 감자를 캐러 가보니 돌보지 않은 감자밭은 풀이 우거져 감자 고랑을 찾을 수가 없었다. 대충 짐작으로 풀을 베고 호미로 살살 긁어보니 그래도 감자를 심었던 두둑마다 감자가 매달려 있어 혼자도 우스워 낄낄거리며 감자를 캤다. 이렇게 조금 게을러도 자연은 사람을 굶어 죽이지 않나 보다.

연초록의 계절이 오면 첩첩이 내려다보이는 능선과 골짜기에 거대한 연둣빛 보자기를 덮어놓은 것처럼 나의 온 시야가 초록으로 물든다. 숲의 저 아래부터 어깨를 걸고 파도타기를 하듯 초록의 밀물이 산정으로 밀려오면 높은 바위에 올라 마치 그 바람을 모두 마시려는 것처럼 가슴을 펴고 팔을 벌린다.

숲이 잔잔해지면 연분홍의 산 벚꽃이 바람이 떠나간 곳을 향해 가듯 산 아래부터 초록 천 위에 꽃 자수를 놓으며 올라온다. 흙벽 아래 놓인 통나무 의자에 앉아 껑충껑충 번져오는 산 벚꽃의 화사한 발자국을 바라보는 것에 어느 오후를 헌납한다. 그렇게 흘러가는 봄날의 흙벽에 기대 나는 나를 위로하며 중얼거린다. 무료한 것은 따분한 것이 아니라 평화로운 것이다.

텃밭의 가장자리에 삼각대를 세우고 세 칸을 쳐놓은 줄을 타고 올라온 오이넝쿨에 오이가 달렸다. 노란 꽃 아래에 애기 손가락처럼 맺힌 오이가 며칠이 지나면 불쑥 자라서 시든 꽃을 밀어내고 까끌까끌한 얼굴을 내밀고 매달려 있는 것을 보면 그 짧은 시간에 놀랍게 집중하는 식물의 생명력에 설레고 감탄한다. 옆 이랑의 풋고추를 몇 개 따고 푸성귀를 뜯어 원두막에 푸성귀 밥상을 차리면 매미가 땡볕에 아지랑이를 흔들어 놓는다.

작은 배낭에 괭이자루를 지팡이 삼아 움막 뒤편 오솔길을 따라 숲으로 간다. 꼬부라진 줄기에 네 장의 잎사귀를 매달고 가는 나무

를 기어오르는 더덕을 몇 뿌리 캐고 산도라지 뿌리에 흙을 털어 배
낭에 넣으면 나의 산책은 종종 길 없는 산속을 헤매기도 한다. 깊은
골짜기부터 흘러내리는 물줄기는 때로 큰 바위 틈으로 제법 깊은 소
를 만들어놓는다. 바위에 배낭을 내려놓고 알몸으로 뛰어들면 그늘
에 가린 찬물에 살갗은 금방 소름이 돋는다. 어느새 숲은 짙은 초록
으로 무성하고 칡넝쿨에 보랏빛 종꽃이 매달려 향기를 뿜는다.

　　가을은 여름의 흔적으로부터 온다. 더러 사람들이 찾아와 놀던
오동나무 아래 탁자에 흙탕물이 튀어 있고 빈 술병이나 은박접시 같
은 것들이 검은 비닐봉지에 담겨 나무 아래 놓여 있다. 벌거벗은 사
람들의 깔깔거리는 웃음소리와 아이들의 즐거운 비명소리는 사라지
고 텅 빈 탁자에 오동잎이 소리 없이 떨어져 쌓인다.

　　가장 먼저 물드는 산 벚나무 잎사귀가 붉어져 서늘한 바람에 사
선으로 흩날리며 맑아진 계곡물에 몸을 얹고 흘러간다. 잡초 무성해
진 묵뫼 하나에 쓸쓸한 후손 하나 찾아와 벌초를 하고 떠나가는 등
뒤로 알밤이 툭 툭 떨어지며 배웅을 한다. 마당의 개복숭아가 노랗게
익어 찰랑거리며 흘러넘치는 물가 함지박에 떨어져 빙빙 돌며 떠 있
고 잎사귀는 정박한 배처럼 고여 있다. 비탈에 군락 진 꿀 풀에 달라
붙은 벌들의 날갯짓이 성급해지고 시든 잎에 피어 있는 노란 소국의
머리에 곧 서리가 내릴 것이다.

텃밭의 무를 뽑아 시래기를 매달고 항아리에 동치미를 담그고 늙은 가지는 갈라서 빨랫줄에 널고 매운 고추를 따서 소금에 절인다. 봄의 아이들처럼 돌아와 한 철의 생을 산 생명들이 다시 돌아가는 시간이 되었다. 제 굴을 손질하고 가랑잎으로 이불을 덮는 오소리처럼 땔감을 장만하고 아궁이를 손질하고 굴뚝의 구멍을 메운다. 모든 잎들이 제 발 아래 떨어져 숲에 가랑잎 카펫이 깔린다.

일찍 어둠이 오는 겨울 숲에 한 줄기 연기가 피어오른다. 활활 타오르는 아궁이의 불꽃은 차가운 얼굴의 별들만 무수한 저 검은 허공으로 내 고요의 움막을 이륙시키는 여행의 출발이다. 골바람은 앙상한 겨울나무를 쓸쓸한 저음의 악기로 만들고 나는 종이 등이 켜진 골방의 흙벽에 기대 그 소리를 듣는다.

폭설이 내려 온 산이 하얗게 덮인 날, 방문을 열면 눈부신 아름다움은 슬픔을 만들기도 한다. 내가 찍는 모든 발자국이 첫 발자국인 이 숲에서 나는 어디론가 길을 만들며 저 나무와 새와 꽃과 바람 속에서 한 마리 짐승처럼 살아갈 것이다. 그리고 알 수 없는 어느 훗날 해발 700미터 능선의 높은 바위에 올라 스스로 자신을 호명할 것이다. 그대 아직도 거기에 살고 있는가!